Chara

作曲家の飼い犬

JN264247

キャラ文庫

この作品はフィクションです。
実在の人物・団体・事件などにはいっさい関係ありません。

目次

口絵・本文イラスト／羽根田実

シークレット・メロディ

買ってやるよ――。

そう言ったのは、確かに買い言葉だったのだろう。

『運動不足なんだよ、おまえは。このところセックスもろくにしてないんだろう？』

そんな憎たらしい言葉で、マネージャーの喜多見《きたみ》にマンションを蹴《け》り出され。

そうでなくともここ数カ月、まともに仕事が進まずにイライラしていた弓削和葉《ゆげかずは》は、むっつりとしたまま、財布も持たずにぶらぶらとウッドデッキ風の遊歩道を歩いていた。

和葉の暮らしているのは、ベイサイドなんたらかんたら――と、長ったらしい名前の高級マンションの最上階だ。

その足下には整備された臨海公園が広がっていて、ペットにも人間にもいい散歩コースではある。どうやら犬並みに散歩でもして気晴らしをしてこい、ということらしい。

確かに視界の先にはベイブリッジも臨める最高のロケーションで、海からの風も空気も心地よい……はずだったが。

――それであっさりとインスピレーションが湧《わ》くくらいなら苦労はするか…っ。

と、そんな八つ当たり気味な文句が頭の中をぐるぐるする。

和葉の社会的な肩書きというのが何になるのか。

世間で言うところの「アーティスト」なのかもしれないが、自分ではそんなご大層なものとも思えない。

作曲家。たまに作詞もするが、自分で歌うわけではない。演奏家――ではあるので、ミュージシャンとは言えるだろう。

音大生の時に、当時同じ大学でインディーズバンドを組んでいた友人に曲を提供していたのだが、彼らがそのままメジャーデビューし、デビュー曲も頼まれるまま、和葉が書いた。それがそこそこ話題となり、続くセカンドシングルはミリオンを記録する大ヒットを飛ばして、バンドとともに和葉の名前も一躍、知られるようになったのだ。

流れのままに在学中から仕事として作曲を始め、卒業しても幸い、切れることなく入ってきて、二十八になった今では、「ヒットメーカー」と雑誌の記事では枕詞《まくらことば》がつくくらいになっていた。

……が、そんななけなしの運と才能も、そろそろ底がつきかけているのかもしれない。

そんな不安といらだち。

だが喜多見には、いつものこと、といった感じで、鼻先であしらわれているのもむかつく。

……まあ確かに、調子が悪い時はいつも、もう無理だっ、才能がないんだよっ、と騒いでいるのだが。

だからその男を「買った」のは、どこへも持ってゆきようのない、心の中のもやもやを何かにぶつけたかったからかもしれない。

というか、本当に売り言葉に買い言葉のようなものだったのだろう。

「な…、成親《なるちか》……？」

高校を卒業して以来、十年ぶりに会った時――その男は無精ヒゲに皺《しわ》だらけのスーツ姿で、遊歩道の横にある草むらに転がっていた……。

※

※

あれは十年前。高三の夏、だった。梅雨《つゆ》が明けた頃だ。

初めてこの男を認識したのは。

「――うわ…っ」

いきなりコケたのは、確かに前を見ていなかったせいだろう。

何かにけつまずいた、と思った次の瞬間、どさっと身体が投げ出され、和葉はそのままコンクリートに倒れていた。

……はずだった。

が、実際に倒れこんだのは、どうやらそのけつまずいた物体の上だったらしい。

ゲッ…、と濁った声が身体の下から聞こえてきて、ようやくソレが人間らしいとわかる。気がつけば、和葉の膝《ひざ》が見事に相手の脇腹《わきばら》にめりこんでいた。

あっ、とあわてて飛び退《の》くと、相手がのっそりと半身を起こしながら、ぶつぶつとうめいた。

「……ぶっねえな……」

しかめ面で片手で腹をさすった男の顔に、和葉は覚えがあった。

クラスメイトの男子生徒——とはいえ、決して親しいわけではない。

むろん、名前は知っていた。ある種の有名人でもある。

成親。成親良司《りょうじ》だ。

そういえばこの特別棟の屋上は、成親の昼寝場所らしい、と聞いたことはあった。

比較的進学校であるこの高校で、「不良」と呼ばれるほどいきがっている生徒はいない。成親も、別に髪を染めたり、暴力をふるったり、というわけではない。が、時々、授業をサボって昼寝にでも来ているらしく、姿を消していることがよくあった。というか、昼休みが終わってももどってこない、というべきだろうか。

教室のあるメインの校舎の上はそれなりに人も多いせいか、少し離れたこの特別棟の上まで遠征してきているらしい。

この日、和葉がここまで上がってきたのは、本当にたまたま、だった。選択の四時限目が音楽で、この下の階で授業があったのだ。

終わってから、しばしの昼休みに解放された生徒たちがぞろぞろと教室から流れていく中、ふと屋上への薄暗い階段が目に入った。

その先のドアの小窓からこぼれる日差しがまぶしくて。

外へ出てみたい、と、ふいに思った。

惹《ひ》かれるように階段を昇って、ドアを開けて。

瞬間、目の前に弾《はじ》けた光に、和葉は思わず目をつぶり、大きく息を吸いこんでいた。

風が心地よくて。空が真っ青で。

ふわりと身体が浮き上がるような錯覚を覚える。

全身にそれを受け止めようと、足を踏み出したとたん、だった。

……どうやら先客がいたらしい、と気づいたのは。

「弓削か…。意外ととろいな」

すぐ下から鋭い眼差しでじろじろと眺められ、皮肉に笑うような口調で言われて、和葉はさすがにムッとした。

「こんなところに転がってるおまえが悪いんだろ」

「お高くすましたツラで歩いてるからだ。王子サマには下々の者が目に入ってないらしいな」

言い返した和葉に、さらに成親が鼻を鳴らす。

「誰が…っ」

思わずカッとして声を上げたが、和葉は言葉を続けることができなかった。

父が国際的な指揮者で母はバイオリニスト、姉がチェリストという音楽家一家に育った和葉は、自身もピアノを弾いていて、すでに国内のいくつかのコンクールでは入賞もしている。

まわりにはかなりハイソな家庭のお坊ちゃま――、と思われているのはわかっていた。

……陰では「王子様」などと呼ばれていることも。

半分は……まあ、純粋な印象なのかもしれないが、残りの半分は単なる皮肉か嫌がらせだ。

決して同級生たちを見下していたわけではないが、ある種、特別な目で見られるのも慣れていたし…、生まれた時からのそんな環境に、いちいちリアクションすることにも疲れていた。

勝手にしろ…、とそんな冷めた目でまわりを眺めていたのかもしれない。

勝手に憧《あこが》れてくる者にも、勝手に反感を持つ者にも。

ただ、今、足下を見ていなかったのは――。

空がきれいだったから。

しかしそれを言い訳にするのはなんとなく恥ずかしかった。なにしろ思春期……も終わりかけの高校生だ。

繊細さが目につく和葉とは逆に、成親は男っぽい、野性的な風貌の男だった。

特に運動部に入っているわけでもないのに、がっちりと、すでにできあがった体格で。和葉とはひとまわりほども違う。

同級生の女子にはちょっと近づきがたい雰囲気だったが、大学生だかOLだかの、派手めの美人とホテルへ入っていった、という噂は、和葉も耳にしたことがあった。

ウソか本当かはわからないが、そんな噂がまことしやかに流れるのは、成親にはそれくらいの相手がちょうどいい、とまわりにも普通に思われていた、ということだ。オトナのつきあいをしているのだ、と。

同い年の男には、憧れと同時に反感も抱かせる。結局は、自分たちよりも一歩、二歩、先を行っているというやっかみと羨望《せんぼう》…、なのかもしれないが。

ある意味、成親と和葉との立ち位置は似ていたのかもしれない。まわりから浮いている、という意味で。

ただ和葉は、心の中のいらだちをまわりにぶつけることはしなかった――できなかったし、誰に対しても穏やかに、落ち着いて対応していた。

それがプライドでもあったのだろう。

が、成親は逆だった。まわりの目から、まったく自由だった。誰にどう思われようと、何を言われようと。

……それがよけい、和葉には腹立たしかったのかもしれない。そして、うらやましかったのか。

「悪かったな」

ただ吐き捨てるようにそう言って、和葉が立ち上がろうとした時だった。

「待てよ」

いきなりぐいっと腕が引かれ、あっという間に背中が屋上のコンクリートに押さえこまれる。

「なっ……?」

混乱した和葉の目の前が、いきなり暗く陰った。

手首をつかまれ、張りつけられたまま、さっきまでとは逆の体勢で男が身体の上にのしかかってきたのがわかる。

だが影になって成親の表情はまったく見えなかった。

ただ、その後ろに広がる空がまぶしくて。

真っ青に澄み渡って、果てしなく広くて。

「慰謝料、払えよ」

迫ってくる影が、なかば笑うように耳元に落とした言葉が聞こえる。

そして。

唇に触れた熱い感触——。

濡《ぬ》れた舌先が唇を割り、口の中にねじこまれる。

「ん…っ」

反射的にふり払おうとしたが、顎《あご》をつかまれてさらに押さえこまれた。

「……ふ……ん……っ…」

舌がからめとられ、執拗《しつよう》に吸い上げられて。

何をされているのか、それがどういう意味なのか。

この時の和葉にはまったくわからなかった。

ようやく呼吸が楽になって、大きく息を吸いこんで。

「お…まえ……」

ただ呆然《ぼうぜん》と、目の前の男を見つめる。つかまれた手首が痺《しび》れるように痛かった。

「どういうつもりだっ！」

思わず叫んだ和葉に、成親がにやりと笑う。

「あんまり慣れてないな…。お子様なキスしかしたことないんだろ？」

からかうように言われて、カッ…、と頬《ほお》が熱くなるのがわかる。

多分…、それは図星だったから、だ。

「王子様の黄金の指ほどじゃなくても、俺のカラダも結構、リクエストが来るんだぜ？——」

「……っつ……！」

へらへらと笑って言った男の顔を、和葉はものも言わずに平手で打ちつけていた。

「おま……」

そんな反撃が予想外だったのか、目を見開いて顔を上げた男に、さらに反対側から手の甲をたたきつける。

華奢《きゃしゃ》なように見えるが、毎日何時間も鍵盤《けんばん》をたたく指だ。リストも利いて、握力も結構、強い。

うっ…、と低くうなって、成親は歯痛をこらえるように頬を押さえこむ。

「ふざけるなっ！」

その頭の上にとどめのように怒鳴りつけると、和葉は逃げるように屋上から飛び出した。

無意識に手の甲で熱をもった唇を押さえる。絡められた舌の感触が生々しくて…、ゾクリ…、と肌が震える。

慣れてない、どころではない。

和葉にとってそれは、まさにファースト・キスだったのだ――。

※　　　※

和葉は大きく目を見開いて、目の前の――厳密には身体の下の――男を眺めるしかなかった。

十年ぶりに見た男の顔を。

ボーイ・ミーツ・ア・ガール。

……などという、牧歌的かつ青春なシーンにはなり得ない。

なにしろおたがいに二十八、という、いい年の男同士なのだ。

「これはこれは」

おたがい、どのくらい見つめ合っていたのか。

にやりと男が笑う。どうやら相手も和葉のことを認識したらしい。

本当に、十年ぶりの再会だというのに。

とはいえ、高校を卒業した十八から二十八歳への変化は、成長期ほど急激なものでもない。

「な…成親……か？」

それでもこんな再会は予想もしておらず、驚きから覚めないまま、和葉は呆然と尋ねていた。

なにしろひさしぶりの再会の場となったのは同窓会の会場ではなく、和葉のマンションのすぐ下にある臨海公園だ。その遊歩道から堤防の間にある草地を突っ切って、マンションへ帰ろうとしていた時だった。

……和葉がこの男にけつまずいたのは。

植えこみの陰になっていて、人が転がっているのに気づかなかったのである。

「残念ながらおムコにもらってくれる相手がいなかったからな。まだ成親のままだ」

和葉の問いに、男がとぼけた様子で返してくる。

「お…おまえ…、こんなところで何をしているっ?」

「おまえに押し倒されてる」

驚いたのと混乱したので声を張り上げた和葉に、成親はにやりと笑って言った。

その言葉に、ようやく和葉は今の自分の体勢を思い出す。あわてて、男の身体の上から飛び退いた。

「おまえ……」

そしてあらためて男の顔を眺めて、和葉はつぶやいた。

成親だ。間違いなく。

思い出した瞬間、この男との間にあったいくつかの記憶が一気に頭の中に逆流してくる。

……和葉にとっては、決して愉快ではない記憶だったが。

そっと、あらためて確認するように男の顔を眺め、……やはり、いい男だった。何となく腹の立つことに。

昔から長身で体格がよく、不敵な面構えをしていたが、高校時代より子供っぽさが抜け、さらに野性味が増したようにも思う。

ワンワンワンッ…、とおしゃれな服を着たトイプードルにウッドデッキから吠《ほ》え立てられ、そのリードを握った飼い主らしい女性にじろじろと不審な目で見られて、和葉はようやく立ち上がりながら尋ねた。

「おまえ…、どうしてこんなところにいるんだ?」

平日の午後だ。まともな社会人ならば、こんな公園でのんびりと昼寝をしていていい時間ではない。

営業途中のサボりか…? と、ちょっと眉をひそめてみるが、しかしいかにも皺だらけのシャツとスーツ、だらしなく首からぶら下がったよれよれのタイを見ると、とても仕事中とは思えない。しかも無精ヒゲまでまばらに見える。

それに、まだ草の上に転がったまま、成親がふっ…と口元で笑った。

「空がきれいだろ」

そして指をまぶたの上にかざすようにして言う。

答えになっているとも思えないが、ふいに和葉はドキリとした。

——ひょっとしてこの男も、あの時のことを思い出していたのだろうか…?

そんな気がして。

甘酸っぱい、青春時代の思い出——であるはずもないが。

和葉にしてみれば、……何だろう、野良犬《のら》に手を噛《か》まれた、というか、つまらないインネンをつけられた、というか、そんな苦い思いで記憶にも残っているが、成親からすれば、あの時のことは嫌がらせか、からかう程度の意味しかなかったはずだ。

この男からしてみれば、覚えてもいないのかもしれない。

「優雅なご身分だな。仕事はどうした？」

腕を組み、明らかに嫌味な調子で和葉は鼻を鳴らす。

「今、求職中なんでね」

それにようやく身体を起こしながら、成親が肩をすくめた。パンパン…、と肩や腕をはたいて、くっついた葉やゴミを落とす。

……失業中、ということだろうか。もしかすると、ハローワークの帰りとか？

さすがにちょっと意外――というか、驚く。

「おまえこそどうした、こんなところで？　ずいぶんラフな格好じゃないか」

聞かれて、ああ…、と和葉はつぶやいた。

「家が近所だからな」

晩秋の午後でいくぶん気温は下がっていたが、和葉はジーンズにセーターをかぶっただけの軽装だった。

格好がラフなのは、いわゆる「勤め人」ではないからだ。自由業、といえばかっこいいのか、アヤシイのか。

「あそこだよ」

と、和葉が男の背中にそびえる高層マンションを指さすと、一度肩越しにふり返った成親が、ほぅ…、と目をすがめた。

「ずいぶんと羽振りがいいらしいな」

どうやら成親は、和葉の仕事を知らないようだ。さほどメディアへの露出が多いわけではなかったが、散歩中にすれ違った何人かは、あれ？　というようにふり返ったものだが。

「あいかわらずピアノを弾いて暮らしてんのか？」

まるで、毎日遊びながら金を稼いでるんだな、とでも言いたげな言葉に、さすがに和葉はムッとする。

「おかげさまでね。おまえはどうなんだ？　会社が倒産でもしたのか？」

この不況時だ。だとすれば、多少、やさぐれていても仕方がないのかもしれない。

「まさか、ホームレスってわけでもないんだろう？」

ふと、頭に浮かんだ可能性に、思わず和葉は確認してしまう。

それに成親は、ようやく立ち上がって軽く肩をすくめた。

「そうだな…。今はホームレスって言ってもいいのかもなァ…」

「おまえ…」

男のそんな言葉に、和葉は知らず息を呑《の》んだ。

親しかったわけではないとはいえ、かつての同級生がホームレスになっている、というのは、さすがにショックだ。

が、そんな和葉の表情に、成親がにやりと笑った。

「今朝、転がりこんでいた女のところを追い出されたところなんでね」

「なっ…」

うまくからかわれたわけだ。……昔と同様に。

思わず怒鳴りかけ、それでも和葉はぐっ…、と拳《こぶし》を握って自分を抑えた。

いい大人になったのだ。いちいち相手になってはいけない…。

そんなふうに自分に言い聞かせて。

「甲斐《かい》性がないからだろ。……ま、あっちがヘタだったせいかもしれないけどな」

わずかに視線を外して、腕を組みながら和葉は辛辣《しんらつ》に言った。

自分でもいかにも嫌味な口調だった、と自覚はしている。もちろん、そのつもりで言ったのだ。

が、それに成親は鼻を鳴らした。

「冗談。ヒモでいるのも飽きたんで自分で出てきたの。他にも行くアテはあるし、不自由はしてないからな」

「よかったな」

そうそぶいた男に、和葉は素っ気なく肩をすくめてみせる。

「だったらさっさと新しい女のところへ行けばいいだろう。こんなところで転がってないで」

しかしそんな和葉をちらっと意味深な目で見上げて、成親は低く笑った。

「あんたの方が欲求不満な顔、してるぜ？　満足させてもらってないんじゃないの？　王子様は不感症だって噂もあったもんな」

そう言われて、カッ、と頭に血が上ったのは……、あるいは、その指摘が正しかったからかもしれない。

音大に入ってから、そして卒業して今まで、仕事でも交友関係は広がり、つきあった相手がいないわけではなかった。

女にしても――男にしても。

同性相手のお遊びも、今、和葉のいる業界ではさほどめずらしいことではない。

だが確かに…、いつも、どこかで冷めた感覚がつきまとっていた。

ベッドの上でも、その最中でも、冷静に頭の中では音符をたどっているような。

だからその行為に対して、和葉は生理的な欲求の解消という以上の意味を、あまり感じたことはない。

それを不感症というのなら、そうなのかもしれなかった。

「ゲージュツカはセックスもうるさそうだからなァ…」

顎を撫《な》でて、にやにやといやらしく笑う成親を、和葉はきつくにらんだ。

「そんなんじゃない」

ただ、今の和葉が爆発寸前、というか、身体の中のもやもやが飽和状態なのは確かで。

が、それは身体の問題というよりも、精神的な問題だ。

それをこんな男に見透かされていたとしたら、それも腹立たしい。

スランプ——というのだろうか。

ここ半年ほど頭の中になんにも浮かばなくなって。ぽかっ…、と空いた黒い穴の中にすべてが吸いこまれて、何も残らない。そんな状態で。

「俺なら、一発であんたのイイとこを引きずり出してやれるぜ？」

下劣な男の言葉に、しかし、ゾクリ…、と身体の芯《しん》が震える。

「……ずいぶん自信があるようだな？」

深呼吸を一つして、うかがうように和葉は尋ねた。いかにも、こんな会話は日常茶飯事だ、というふりで。

それに成親がにやりと笑う。

「芸術的なセックスを求められても困るが、あんたをうまく弾きこなしてやるくらいはできると思うね。きっとバラ色に世界が変わるぜ」

——挑発だったのだろう。落ち着いて考えてみれば。

成親にしてみれば、女の部屋を追い出され、口では粋がっているが、やはり今夜のねぐらにも困っているわけだろうから。

「バラ色ね…」

和葉はあえて気のない様子で肩をすくめてみせた。

確かに、そうなってくれれば和葉としても言うことはない。いや、そこまで言わなくても、何かが変わればいい。

そんな気持ちはあった。

「……ま、気晴らし程度にでも俺を満足させられるんなら、俺がおまえのカラダを買ってやってもいいけど？」

いかにも軽く、期待もしてないように、和葉は口にした。

男がそれににやっと笑う。

「試してみろよ。試すだけはタダだ」

――男のそんな言葉に乗ってしまったのは、多分、疲れていたせいなのだろう。

タダより高いモノはない――と、わかっていたはずなのに。

※

※

「驚いたな…」

成親をマンションへ連れて帰った時、まだ部屋にいた喜多見は――鍵《かぎ》も持たずに出たのでいなかったら困るが――、軽く瞬きしてそう言った。

あまり感情を表にしない喜多見にしては、言葉通り、破格の驚きだったのだろう。

「こっちこそ驚いたぜ…」

和葉のあとからのっそりとリビングに入ってきた成親が、喜多見を見て、へぇ…、というように顎を撫でる。

「まだ続いてたのか、おまえら？」

そして見比べるようにして聞かれ、和葉は軽く肩をすくめた。

答えるのもバカバカしい。

が、そういえば、高校時代から自分と喜多見とはそんなふうな関係に見られていたようだった。

従兄弟《いとこ》である喜多見創《そう》は、和葉や成親と同じ高校の同級生だ。和葉とはほとんど生まれた時からのつきあいで、確かに今も「マネージャー」という形で面倒をみてもらっている。

あえて否定しなかったのは、おたがいそう思われているくらいがわずらわしくなくていい、という妥協の産物だった。

放課後の告白がひっきりなし、というほど派手ではなかったが、知的でクールな雰囲気のある喜多見も、すっきりと端整な容姿にくわえ、「ピアノの貴公子」と呼ばれていた和葉も、それなりにまわりが騒がしかったのだ。

「どうした?」

視線で成親を指しながら、喜多見が尋ねてくる。当然の疑問だろう。

「下で買ってきた」

それに、リビングのテーブルにのっていたタバコの箱から一本とり出しながら、にやりと笑って和葉は答えた。

「買った?」

喜多見が腕を組んで首をかしげる。

「お値打ち品、大売り出し中だったんでね。和葉はいい買い物をしたよ」

それにちゃかすように、成親が横から口を挟んだ。

「確かに見切り品らしいな」

成親の身なりを頭のてっぺんから足先まで無遠慮な視線でチェックして、喜多見が失礼なことを平然と言い放つ。

「あいかわらず容赦ねぇな…」

チッ、と成親が短く舌を弾いた。

「でもカラダには自信はあるらしいから」

煙を一つ吹き出して、気だるくソファに腰を下ろしながら言った和葉の言葉に、うん？　と喜多見が眉をよせて、視線だけでその意味を尋ねてくる。

「おまえが言ったんだろ。運動不足だって」

ああ…、と思い出したようにつぶやいて、喜多見がため息をついた。

「運動をセックスに限定しなくても、下にはジムもあるだろうが」

「無機質な機械より、人間相手の運動の方が精神的な満足感を得られると思うぞ？　クリエイティブでアーティスティックな仕事をしてるセンセイには特に、そういう精神的な潤いが必要だろうし？」

にやにやと笑いながら、成親が売りこんでくる。

冗談なのか本気なのかわからないが、成親にしてみればここでダメ出しをされれば、今日の宿にも困るらしいから、それなりに必死なのかもしれない。

「相手によるけどな」

しかしそれを、和葉はバッサリと切った。

「ヘタだったらすぐにも追い出す。俺の気に障ることを言ったら即行たたき出す。仕事の邪魔になるようだったら、即座に蹴り出す」

足を組みながら横柄に並べた和葉に、喜多見が眉をよせて成親に確認した。

「……そういう話になってるのか？」

「まぁね」

と、成親が肩をすくめる。そして、にやにやと挑発するように喜多見に言った。

「最近、きちんと相手してやってないんじゃないの？　ま、これだけ長く続いてるんなら、倦《けん》怠《たい》期ってとこかもしれないけどな」

そんな的外れな言葉に、喜多見はちらりと和葉を横目にして淡々と返した。

「で、おまえがその倦怠期のいいスパイスになってくれるというわけか？」

「創」

乗るなよ…、とあきれて、和葉はため息をつく。

「そういうこと。……もっとも、俺の方がよくなって乗り替えられても責任はもてないけど？」

成親の挑戦的な言葉に、喜多見は鼻で笑っただけだった。

あたりまえだ。もともとそういう関係ではない。

が、成親にはそれが自信の表れに見えたのかもしれない。

「ホントにすかした男だな…」

指でこめかみのあたりをかきながら、ぶつぶつとうめく。

「おまえ、こんな男のどこがいいの？」

あきれたように聞かれて、和葉はため息をついた。

「とりあえず創は俺のこと、全部知ってるからな」

サイドテーブルの灰皿を引きよせ、タバコをもみ消しながらそんなふうに答えたのは、成親に対するある種の牽制《けんせい》――でもあったし、まあ、喜多見とのことをいちいち説明するのもめんどくさい、ということもあった。

と、喜多見がゆっくりと近づいてきた。

「いいのか、おまえ？」

まっすぐに目をのぞきこむように、真剣な眼差しで聞かれて。

セックスが前提になっていることとか、他人をこの部屋に居候させることとか、……その相手が成親だということとか。

喜多見にしてみれば、いろいろと心配してくれているのだろう。

「いいよ、俺は別に。運動も気晴らしも必要だしな」

しかし和葉はあえてさらりと答えた。

「散歩するよりはエロい曲が書けるかもよ？」

ちらりと冗談めかして言った和葉に、喜多見が低く笑う。そしてソファの端においてあったブリーフケースを手にとった。

「今の締め切り、今週中だからな」

「……わかってる」

いくぶん厳しいビジネス口調で申し渡されて、思わず視線をそらし、うめくように和葉は言った。

「めどが立たなかったら、次の映画の仕事、断るぞ」

しかしさらに淡々と続けられて、えぇぇっ！　と思わず和葉は声を上げた。

「冗談だろ。せっかく…！」

好きな監督から声をかけてもらったのだ。映画のサントラの仕事。

「あたりまえだろう。一曲、上がらないものを、劇伴だと三十曲から必要になる。今の状態でできるのか？　しかもそっちの方が日程はきつい」

シングル一曲と、映画のサントラとでは長さが違うが…、まあ、言われていることはわかる。

思わず天を仰ぐようにして肩を落とした和葉は、無意識にタバコに手を伸ばし、二本目に火をつける。

――と思ったら、いきなりそれが指先から奪いとられた。

「おまえ、吸い過ぎ」

成親だった。

とり上げたタバコを、澄ました顔で自分でくわえている。

「おまえに言われることじゃないだろ」

ムカッとしてにらんだ和葉に、成親は平然と言った。

「チェーンスモークはやめとけ。お肌に悪いぞ」

「おまえ……！」

さっき、気に障ることをしたらたたき出す、と言ったばかりなのに。

しかし、今すぐ出て行けっ！　と声が出る寸前、横で喜多見が楽しそうにつぶやいた。

「いい感じだな」

喉《のど》で笑った喜多見は、すっ…と成親に視線を移して言った。

「どうだ、俺とも契約しないか？　もし和葉を禁煙させられたら、俺が百万出してもいい」

「……マジ？」

当然のように金にも困っているらしい成親の目が輝く。

「創っ！」

あせって和葉は叫んだ。

「つまらない冗談を言うなっ」

「まったくの本気だ」

しかしさらりと喜多見が答える。

「いいな、それ」

短く答えて、成親がにやりと笑った。

あっさりと契約は成立したようで、和葉は思わず拳を握りしめたが、二人に結託されると抵抗のしようがない。

「また連絡を入れる」

予想外の展開にむっつりとした和葉にそれだけ言い残すと、口元に笑みを浮かべたまま、喜多見が玄関へと消えていった。

パタン…、と背後でドアの閉じる音が聞こえ、二人きりで残されて。

……急に二人きりだということを意識して、和葉は少し落ち着かなくなる。

くそっ…、と自分の思惑とは少しずつずれていることにいらだちながら。

「で…、俺は何をすればいい？」

ゆっくりとこちらに近づいてきながら、成親が意味深な笑みで和葉を眺めた。

「そうだな…」

気持ちを落ち着けようと大きく息を吸いこんでから答え、とりあえず和葉はソファへ腰を下ろした。

何を――と言われれば、もちろん決まっている。

気分転換。ある種の。

そのために、この男を買ったのだ。

「いそがしすぎて女を引っかけてるヒマもない人気アーティストの夜のお供……、でいいのか？」

歌うように言いながら成親が和葉のすわる足下の床へ膝をつき、そっと手を伸ばして和葉の足を撫でてくる。

その感触に、びくっ…、と肌が震える気がして、和葉はわずかに息をつめた。

探るような眼差しと真正面からぶつかって、無意識に目をそらしてしまう。

だが——そのために、この男を部屋まで連れてきたのだ。

当然、することは決まっている。

「口だけじゃなきゃいいけどな…」

ため息混じりにつぶやいた和葉に、成親はにやりと笑って言った。

「やってみればわかるさ」

男の指が顎に触れ、下からすくい上げるように唇が近づいてくる。

チクチクと無精ヒゲの感触が頬を刺す。

熱い吐息が唇に触れ、濡れた感触が唇を割って口の中に侵入してくる。

「ん…っ…」

無意識にぎゅっと、指先がソファの肘掛《ひじか》けをつかむ。

十年も前に——覚えのある熱だった。一度……いや。二度、か。

それをこの男が覚えているかどうかはわからなかったけれど。

※

※

一度目が覚めた時、頭の芯からジン…、と痺《しび》れるような感覚が広がった。

身体を動かすのはおろか、まぶたを持ち上げることすら気だるくて。

深夜…、だったのだろうか。

世界中に自分一人しかいないような、静まりかえった夜の空気の中、人肌を保ったシーツの温《ぬく》もりがふわりと全身を包んでいる。

頭の中が空っぽだった。

今自分がどこにいるのか、何をしているのかもわからないくらいに。

だがそれは、決して悪い意味ではない。

体中、指先までしっとりとやわらかな熱に満たされて……心地よくて。

まだ優しい夢の中を漂っているようで。

遠くでかすかに聞こえている人の声ですら、子守歌のようなBGMだった。

『……ああ、大丈夫だ……。問題はない……そう…今の……はな……。けどおまえ……のか…？』

電話だろうか。

低く、穏やかなトーン。

とぎれとぎれで言葉ははっきりと聞きとれなかったが、誰かがいる気配だけを感じる。

不思議とそれが神経にさわることもなくて。

逆に、一人じゃないことに安心していた。

やがて、パタン…、とかすかにドアの閉まる音が軽く耳を打ち、誰かが近づいてくる。枕元で小さくスプリングが軋《きし》んで、さらり…、と優しく前髪がかき混ぜられる。

わずかに硬い指の感触が気持ちよくて。

無意識に微笑《ほほえ》んで、和葉は再び甘い眠りに落ちたのだろう。

そして次に気がついた時、すでに朝日がカーテンを透かして差しこんでいた。

和葉はぼんやりと目を開けて、しばらくシーツの上でごろごろしてから、大きく伸びをする。

——よく寝たな……。

と思う。

本当にひさしぶりに。

いくぶん倦怠感はあったが、頭はすっきりとして、なんとなく身体も軽い。

……いや、身体が軽いのは、ひょっとして腹が減っているせいなのかもしれない。

ぐぅっ、と腹の虫が鳴って、自分でも驚く。

「うわ…」

金のない部活帰りの学生じゃあるまいし、これほど腹が減ったと感じたことなど、かつて記憶にないくらいだ。

――そういえば、最後に食べたのはいつだっけ…？

ぼんやりとそんなことを考えながらサイドテーブルの時計に目をやると、朝の八時半過ぎだった。

いつもの自分の起床時間にしては、おそろしく早い。夜に仕事をすることの多い和葉は、ベッドに入るのが明け方近くで、たいてい昼前になって起き出すのが普通だった。

タイミングが狂わされたようで、あれ…？　と思う。

何かがおかしい。いつもと違う。

「あ…」

そしてようやく、今の自分が素肌にシーツだけをまとっているのに気づいた。

どこかの大女優のように、和葉には「シャネルの5番」だけを身につけて寝る趣味はない。きちんとパジャマに着替えることも少ないが、いつも部屋着のまま倒れこむように寝ている。

――そうだ…、成親……。

ハッと思い出したとたん、記憶が逆流してくる。

――ホントに寝たんだな……。

今さらながらに認識して、ハァ…、とため息をついた。

セックス自体がひさしぶりで、身体の節々がギシギシいっている。

二十八という年がいい年なのか、運動不足なのか。

しかし寝室に成親の姿はなく、やることだけやって逃げたのか…？　と、一瞬、ムッとしたが、どうやら隣のリビングには人の気配があった。

そっと息をつき、前髪をかき上げると、和葉は重い腰を持ち上げてのろのろとベッドを下り、一人掛けのソファに引っかかっていたローブを肩から羽織る。

紐《ひも》を結びながら寝室を出ると、四十畳ほどもある広いリビングのソファで、成親が上半身は裸のまま、だらしない格好でテレビを観ていた。

大きな液晶の画面に映っているのは……、和葉の顔だ。

営業用の、あたりさわりのない笑顔――。

和葉は思わず眉をよせた。

『……あれ、そういうご趣味があるんですか？　骨董《こっとう》屋めぐりの？　渋いですねぇ』

『いや、そういうわけじゃないんです。この時はたまたま。店先を通りかかったら、ちょうどウィンドウのむこうにそれが見えて』

インタビュアーの問いに、すかした様子で答えている自分の声がどこか空々しく聞こえる。

『チターですか。骨董屋にあるものなんですか？　楽器店じゃなくて？』

『もちろん新品を買うこともできるでしょうけど。それは結構古いヤツみたいで…、弦も何本か切れてたし。でも装飾がきれいだったんですよ。アンティークの価値があったのかもしれないですね。でも売約済みだったみたいで…、残念でした』

『じゃあ、これからはそういう楽器も採り入れた楽曲を、ということなんですね』

『ええ。……私は弾けないんですけどね』

ハハハ…、と軽い笑い声が重なり合う。

しばらく前に放映された、三十分ほどの地味なインタビュー番組だった。

自分の顔を眺めて楽しむ趣味はないが、公の場で自分が何を言ったかくらいはチェックしておかなければならないだろうと、一応、録画していたのだ。

最近、オリジナルでインストゥルメンタルのアルバムが出たので、それもあって受けたインタビューだった。バンドやボーカルに提供するハデめな楽曲と違って、ピアノを中心としたアコースティックな、落ち着いたトーンの一枚だ。

和葉の気配に気づいたのか、成親がふり返って手を上げた。

「ああ…、勝手に悪い。ホントに有名人なんだな」

普通にあやまられて、和葉はちょっと怒るタイミングを逸する。

少し意外だった。この男が普通にあやまるなどというのが。意外と常識的なんだな…、というと、失礼だろうか。

まあ、人の家の録画を勝手に観ることは常識的とは言えないはずだが。

和葉は芸名、というか、ペンネームを使っているわけではないが、さほどメディアに露出していることもないし、今まで気がつかなかったのだろう。

成親がリモコンを押して再生を止めると、切り替わった画面には朝のニュース番組が流れ始める。

『……意識不明の状態が続いていましたが、昨夜、容態が急変し、息を引きとりました。警察ではひき逃げ死亡事件として、引き続き目撃情報をもとに該当車両の捜査を進めています』

見覚えのある女子アナが、トーンを落として何かの事件の続報を伝えていた。

あ…、と和葉はわずかに目をすがめる。

「死んだのか…」

思わずつぶやいた言葉を、成親が聞きとがめたのだろう。

「知ってるのか?」

首を曲げるようにしてふり返り、尋ねてくる。

「いや…。この間のひき逃げだよな。小さな女の子の。多分、俺、この時近くにいたんだよ」

「見たのか?」

ちょっと驚いたように、成親が聞き返す。

「そうじゃないけど。……ああ、さっきのインタビューがあった前の日だよ」

話に出た骨董屋の近くだったと思う。

「俺は救急車とすれ違ったくらいだけどね」

それでもやはり、気持ちのいい話ではない。

ふぅん…、と成親がつぶやき、そして大きな革のソファに贅沢《ぜいたく》に身体を伸ばすようにして言った。

「それにしても、新進気鋭の人気作曲家か…。もうかってそうだな」

「おかげさまでね」

失業中の身であれば、嫌味の一つも言いたくなるだろう。

言葉にトゲは感じなかったが、和葉は軽く肩をすくめて答えた。

新しく開発された湾岸の、高層マンションの最上階。四十畳のリビングに、そこから奥へつながったダイニングキッチン、寝室と仕事場をあわせた３ＬＤＫは、確かに独身の一人暮らしには贅沢だ。

「すげぇな、あのピアノも……。どうやって部屋に入れたんだ?」

身を起こし、リビングの片隅でかなりの存在感を放っているスタインウェイに近づいて、成親がものめずらしげに曲線を撫でる。

その指の動きに、一瞬、ゾクリ…と肌が震えるような気がして、和葉は無意識に腕をつかんだ。

ゆうべの…、男の指の動きを、ふいに思い出してしまう。

「パーツにばらして中で組み立てたんだよ」

それでも平然としたふりで、ゆっくりと和葉は答えた。

ゲッ…、と成親がうなる。

「どんだけ金かけてんだよ…」

「他にかけるところもないからな」

和葉はさらりと言った。

時計や車に興味があるわけではない。いいヴァイオリンを一つ買うことを思えば、安いものだと言えるだろう。

「それで？」

ポーンポーン…、と無造作に高音部のシを鳴らしてから、ふっと成親がふり返る。

にやりと笑って尋ねられ、和葉はわずかに眉をよせた。

「何が？」

「俺は合格点をもらえたのか？」

「ああ…」

すっかり忘れていた。

……というか。

この男が自分の部屋にこんなにずうずうしく居すわっていて、それで違和感を感じなかったところがおかしいのかもしれない。

「満足そうな顔、してますけど？」

ピアノにもたれかかるようにしながら、自信たっぷりに、いかにもな口調で言われて、和葉はちょっと不機嫌になる。

さすがに悔しい気がして。

確かに、……最中は何も考えられないくらい夢中になっていたのだろう。

おたがいの呼吸がフーガみたいに追いかけ合って。引きずられるようなリズムと、重なり合う熱と。激しい鼓動――。

思い出しただけで身体の奥からじわりと疼《うず》くような感覚がよみがえって、和葉はそっと息を吸いこむ。

「カワイイ顔してすやすや寝てたし？」

「関係ないだろ」

夜中、やはり寝顔も見られていたらしい。

にやにやと言った男に、和葉はむっつりとうめいた。

「……まぁまぁだな」

そして少し考えてから、そんなふうに評価してやる。

「ちょっと手荒すぎる」

「そのわりにはずいぶんと情熱的にせがんできたけどなー」

つけ足した和葉に、成親はとぼけるように言った。

「少なくとも、不感症じゃなかったわけだ」

そして意味ありげに和葉を見て、吐息だけで笑う。

和葉は横目で男をにらむと、無意識にタバコを探して、リモコンの横にあった箱を持ち上げた。

一本とり出したところで、カチリ…、と音がして、小さな炎がタイミングよく目の前に差し出される。

「ホストもやってたのか？」

ふん、と鼻を鳴らしてから、ふと思い出す。

「おまえ…、俺を禁煙させるんじゃなかったのか？　口裏は合わせないぞ」

きっぱりと言った和葉に、成親は小さく肩をすくめた。

「やめろって言ってもいきなりはやめられるもんじゃないだろ？　ぼちぼちでいいさ」

そんな男の言葉に、和葉はちょっと胸をつかれる。

少し…、なんだろう？　もっといいかげんなつもりかと思っていたが…。

が、成親はにやりと笑ってつけ足した。

「時間はたっぷりある。次はもっとソフトなタッチを心がけるさ」

とぼけた様子で、しかし当然のように「次」があるという口調に、和葉はわずかに眉をよせたが、そのままタバコに火をつける。

「……まあ、仕事が見つかるまでならな」

そして深く吸いこんだ煙を吐き出してから、あえて淡々と言った。

和葉を満足させることができたら、しばらくは寝床を提供してやってもいい――、と、そんな話になっていたのだ。

仕事がつまった時の気晴らしと気分転換、そしてガス抜きと運動不足の解消にもちょうどいいのかもしれない。

ペットを飼って散歩に出かけるよりは、もっと面倒がない気はする。

まあ、ある程度のしつけは……必要かもしれないが。

「その代わり、働けよ。雑用はいくらでもある」

タバコの煙を吹き出して、少し偉そうに言った和葉に、了解、と成親が敬礼してみせる。

調子のいい男に肩をすくめ、和葉はタバコを灰皿に押しつけてから、キッチンへとまわった。

死ぬほど腹が減っている…、と思ったら、考えてみれば、昨日はあれからなだれこんだのだ。

散歩に出る前につまんだサンドイッチが最後の食事だった。丸十五時間くらい、何も食べていないわけだ。

しかし開けてみた冷蔵庫にめぼしい食料はなく、仕方なくミネラルウォーターを大きめのタンブラーにダボダボと注いだ。

喜多見に食料を頼んでおけばよかった…、と思い出す。

「コンビニにでも行ってまいりましょうか、ご主人様？」

そんな様子を見ていた成親が、喉で笑いながら尋ねてくる。

成親にしても同様に空腹なはずで、和葉が起きる前に冷蔵庫チェックもしたのかもしれない。そうだな…、と和葉はため息混じりにうなずいた。仕事のことを考えると、食べに行くヒマはない。

「先にシャワーでも浴びてこいよ」

うながされて、どっちが家主なんだか…、と思いながらも、和葉はその言葉に従う。

どうやら成親は先に使ったようで、そういえばヒゲも剃り、こざっぱりとした様子になっていた。

無精ヒゲが消えると、やはり……二割くらいはいい男に見える。なるほど、ホストかヒモとしても十分、食ってはいけるのだろう。

バスルームの明るい照明の中でローブを脱ぐと、広い鏡に上半身が映し出される。

胸元や肩のあたりに赤く痕《あと》が残っていて、和葉は思わず眉をよせた。

……まあ、別に他の人間が見るような場所でもないのでかまわないが。

意識のない間に身体はきれいにされていたようで、少し心地が悪い。

――十年ぶり、か……。

奇妙な感覚だった。

十年も昔、まだ十代だった自分と成親が、同じ教室で机を並べていて。

孤高というほどつっぱっているわけではなかったが、やはり特別な存在だった。

友人は少なかっただろう。一人でいることが似合っているような男だった。某ヤクザの組長の隠し子だ、という噂もあったが、それは噂に過ぎなかったのだろう。

ただ、そんな迫力を秘めていた、ということだ。

マイペースで、自信家で。しかし口にしたことは必ず、目に見える形にして示していた。

授業のチャイムからも、まわりの人間関係からも自由で。

あの頃の自分は、成親の目にはどんなふうに映っていたのだろう…、と思う。

ずいぶんとワガママで、軽薄な印象だったのかもしれない。

コンクールが迫ればうっかり指を痛めないように体育も休み、まわりにはちやほやと持ち上げられて。

同じクラスにいても、成親とは……まるで接点はなかった。

あの時までは、だ。

屋上で和葉がこの男を殴り飛ばして以降――なぜか放課後、音楽室で弾く和葉のピアノを、成親が聴きに来ていた。

断りもなく、特に賛辞もなく。

時々、文句はあった。

いや、聴きに、というのは正しくはないのだろう。

寝るために来ていたのだ。どうして放課後まで、とか、わざわざ音楽室に、とも思うが、まあ、放課後の学校はいろいろと騒がしい。防音されている音楽室は、確かによい寝場所だったのかもしれないが。

『俺が寝られるような、まともな演奏をしろよ』

それは子守歌みたいな静かな曲にしろ、ということではなく……どうやら弾いている和葉の感情が乱れると、耳障りに感じるようだった。

この当時は、和葉にもいろいろな葛藤《かっとう》があったから。

クラシックを続けさせたい家族と、別の可能性を探ってみたかった和葉と。

『ピアノにあたるな。音は正直だよ』

無愛想に、そんなふうに言われた言葉を、今でも覚えている。

専門家でもないくせに。……いや、だからこそ、だろうか。

あれから十年――。

おたがい大人にはなった。

だがこんなふうに再会するのは、ある意味、皮肉で残酷なことなのかもしれない。

とりあえず自分は社会で成功し、成親は弾き出された。……もっとも、成親自身はそれを気にしてはいないようだったが。

――あいかわらず、だよな…。

まわりを気にしない強さ。自分が納得できていればいいのだろう。

そっと息を吐き出すと、和葉はゆっくりと朝風呂に浸かる。バスローブにくるまり、タオルで髪を乾かしながらリビングに出ると、ほれ、と成親が何か白いものが入った小さなガラスの器を差し出してきた。

「つないどけ」

何だ？　と思いながらも、和葉はそれを受けとった。

スプーンがついているので、食べ物だろう。

どうやら冷蔵庫の野菜室の隅に転がっていた、しなびたリンゴを使える部分だけ一口サイズにカットし、それにやはり半分ばかり残っていたヨーグルトをかけたものだ。

だが、空きっ腹には沁《し》みるようにうまい。

シャワー上がりに冷たい感触も心地よく、和葉はソファにすわりこんでそれをもぐもぐと口にした。

意外と気の利く男のようだ。社会経験も増えて、人間も少し丸くなったのかもしれない。

「俺が餌付《えづ》けしてるみたいだな」

せっせとスプーンを口に運ぶ和葉を眺めながら喉で笑った成親を、和葉はムッとして上目づかいににらむ。

材料はもともと和葉のものだし、そもそもこれほど腹が減ったのだって、考えてみれば成親のせい、と言えなくもないわけで。

「おまえの解釈だと人生は楽しそうだな」

あっという間に空になったガラスの小鉢を突き返しながら辛辣に言った和葉に、成親がにっと笑った。

「そりゃ、同じ人生なら楽しまないとな」

小鉢を受けとった成親が、おもしろそうな眼差しで和葉の顔をのぞきこみ、もう片方の手をスッ…と伸ばしてくる。

なんだ、と思ったら、指の背で軽く口元についていたらしいヨーグルトをぬぐわれて、和葉はちょっと赤くなった――。

※

※

成親がマンションに居着いて三日——。

運動をしたせいか、気分転換になったせいかはわからないが、少しは気持ちが切り替わったらしく、頼まれていた楽曲はアレンジを残してだいたい決まった。

他人と暮らすことにあまり慣れていない和葉だったが、成親は意外と邪魔にならず、昼間は近くのスーパーに買い物に行ったり、マンションにあるジムで汗を流したりしていたようだ。

……主が神経をつかって働いているというのに、居候が優雅な身分ではある。

時々は部屋を空けているので、ハローワークにも顔を出しているのかもしれない。

それでも成親のおかげで、食生活は少し、改善されていた。

食事時間の不規則な和葉だったが、とりあえず好きな時に食べられるように、何品か作りおきしてくれていた。料理が得意というわけではないようだが、ポテトサラダとかカレーとか、おおざっぱなものは作れるらしい。

この時は、気がつけば七、八時間も仕事部屋の方にこもりっきりで、よし、と録音を切り上げたところで時計を見ると、夜の十時をまわっていた。

無意識に同じ姿勢をとり続けていたせいか、かちこちに固まった身体を伸ばしながら和葉がリビングへと入っていくと、携帯メールを打っていたらしい成親が気づいて顔を上げる。

「お疲れ。上がったのか？」

パチリ、とさりげなく携帯を閉じながら尋ねてきた成親に、和葉は指先で肩をもみ、首をまわしながらうなるように言った。

「何か食わせてくれ…」

食事は昼前に食べたきりだったので、さすがに腹も減っている。

「パスタでいいか？」

「ん…」

鼻で答えながら、ソファから腰を上げた成親と入れ替わるように、和葉はだるい身体をソファに投げ出した。

仕事中だけかけている眼鏡《めがね》を外し、うっとうしい前髪を上げていたヘアバンドをとってテーブルに投げると、すぐ横に成親の残していった携帯が目に入る。

鮮やかな赤と黒のツートンカラーで、失業中のくせに結構、新しい機種を持っているようだ。かなり薄い。和葉などは、あまり携帯を使わないせいか、三年も換えていないのだが。

和葉が死んだようにソファにくたばっている間に、成親が手早くパスタを作ってくれる。

とは言っても、麺《めん》をゆでて、レトルトのソースをかけただけだが、それさえも自分でやるのはおっくうだ。

「できたぞ」

と、その声でのっそりと身体を起こすと、ほかほかと湯気を立てる皿を二つ、成親がそれぞれの手に運んできた。

「えーと…、『ベーコンとキノコのクリームソース』ってのと、『ナスとモッツァレラチーズのトマトソース』だってよ。どっちがいい？」

どうやら成親もお相伴するらしい。

「トマトソース」

選ぶと、そちらが目の前におかれる。

レトルトというより、お取り寄せ品なのだろうか。見た目もきれいだ。平打ちの生パスタで、きれいなオレンジの色合いや香りが食欲をそそる。

フォークでパスタを絡めながらも、頭の中にはとりとめのないメロディが流れていて、空いている片方の指が無意識にテーブルをたたく。

そんな和葉をおもしろそうに成親が眺めているのに気づいたのは、皿も空になりかけた頃だった。

「曲ってどうやって作るんだ？」

一足早く食べ終えていた成親が、食後にコーヒーを淹《い》れてくれながらそんなことを聞いてくる。

素人らしい、あまりにおおざっぱな質問で、かえって答えるのが難しかった。

「頭に浮かんでくる」

なので、あっさりと簡潔に答えた和葉に、成親はへー…、とわずかに目を見開く。

「勝手に？」

「勝手に。風呂入ってても、飯食ってても、買い物してても。調子のいい時だとな。その時の気分に合わせて、オリジナルのも、知ってる曲の時もあるけど」

ふぅん…、とわかったようなわからないような顔でうなずいてから、成親はコーヒーを一口飲み、そして顔を上げてにやっと笑った。

「じゃあ、俺と会った時は、頭の中にジャジャジャジャーン…、て『運命』が流れてただろ？」

「……どっちかっていうと『悲愴《ひそう》』だったかもな」

「ずいぶんだな…」

とぼけるように言った和葉に、憮然《ぶぜん》と成親がぼやく。

「でもやっぱりすごいんだろうな。よくわかんねぇけど。何にもないところから音が浮かんでくるっていうのもさ…」

何がすごくて、何がよくわからないのかもわからないが――まあ、音楽と縁のない人間からすれば、そんなものなのかもしれない。

「野球選手が球を打つのも、サッカー選手がボールを蹴るのも同じだろ。営業が商品を売るのも、経理が数字を合わせるのも。訓練と経験だよ。……まあ、俺は接客には向いてなかっただろうから、これでよかったんだろうけど」

肩をすくめて言ってから、成親が失業中なのを思い出す。

「ま、おまえに向いてる仕事もあるさ」

多分、ホストやヒモじゃなくても。

「今日はずいぶん優しいな？」

なんとなく慰めるようにつけ足した和葉に、成親が小さく笑う。

「心に余裕があるからな」

言われて何となく気恥ずかしく、首のあたりを撫でながら和葉は答えた。

仕事のめどがついたせいか…、ここ数カ月の重さと息苦しさがなくなっていた。ほどよく誰かと会話をしているのがよかったのかもしれない。

最初の夜以来、成親とは寝ていなかった。……まあ、仕事が煮詰まっていたせいでもあるが。

だが不思議と、それが気詰まりでもなく、いらだつこともなく、ただ成親が同じ部屋にいるだけで、何となく気持ちが安定していた。

食事や、部屋がきれいにキープできている、というだけのことではないのだろう。

そういえば高校時代も、放課後、成親が音楽室にいる時は――たいていは隅で寝ていたので視界には入らなかったが、落ち着いて弾けていたようにも思う。

あの頃は…、本当に自分が嫌で。ピアノも発作的にぶち壊したくなることがあった。

ピアノが弾けることも、コンクールで優勝しても、うまくできたらそういう環境のせい、血筋のせい。うまくできなければ、あんなに何もかもそろった完璧《かんぺき》な環境にいるのに――、と言われて。

だが成親の前では、素直に弾けたのだ。

多分それは、成親が和葉の「環境」をまったく見ていなかったからだろう。ただ目を閉じて、和葉の「音」を聴いてくれた。

あの頃と、本質的に成親は変わっていないようだった。

……失業していたにしても。

通っていた高校はそこそこの進学校だったし、成親も確か関西方面の国立大学へ進んだはずだ。

それから帰ってきて、いったんは就職したのだろうか。そういえば、着ていたスーツはよれよれだったが、品はよさそうだった。

頭のいい男だったと思ったが、しかし協調性という意味では問題があったし、大企業に就職できたにしても、まわりと合わずに辞めたのかもしれない。

上司と衝突したのか、社内不倫でもバレたのか。

ぼんやりとそんなことを考えていると、いつの間にか皿を片づけ、コーヒーを淹れてきた成親が、カップを一つ、和葉の前においても、自分はピアノの前のイスに腰を下ろした。

「俺も昔は憧れたもんだけどな…」

ド・レ・ミ…、と人差し指でたたきながらつぶやくように言った成親に、和葉は手を伸ばしてカップをとりながら小さく笑って尋ねた。

「髪の長い美少女が窓際でピアノを弾いてるのを、物陰からこっそり眺めてたのか?」

「ま、そんなとこかな」

「レトロだな」

思わず喉で笑う。

そんなカワイイ少年時代もあったのか…、という気がして。

それが本当なら、その思い出のおかげで音楽室まで和葉のピアノを聴きに来ていたのかもしれない。

「何か弾いてくれよ」

ふり返ってリクエストされ、和葉はカップをテーブルにおいて立ち上がると、成親に代わってイスにすわる。

「なにか…ね」

すぐ横に腕を組んで立ったまま、期待した眼差しで見つめられ、和葉はちょっと考えたが、すぐに指を動かす。

ねこふんじゃった――の馴染《なじ》みのある軽快なメロディがリビングいっぱいに響き渡った。

「おい…」

ほんの二十秒くらいで曲が終わると、成親のうなるような声が聞こえてくる。

「いくら芸術オンチの俺でもそれはヒドイぞ、センセイ」

確かに成親は、当時から和葉のピアノを聴いてはいたが、そのタイトルや作曲者名はまったく知らないようだった。

「わかったよ。じゃあ、これはどうだ?」

少し首をひねってから、和葉はそっと鍵盤に指をのせた。大きく息を吸いこんで、一気に指を走らせる。

今度のは結構長かった。一分以上はあっただろう。

最後の音の余韻が消えてから、成親がむむ…、と、うなるような声でじわりと尋ねた。

「……それ、ひょっとして『ねこふんじゃった』?」

「ひょっとしなくても『ねこふんじゃった』だ」

くすくすと笑って和葉は言った。

重厚なバロック調アレンジの「ねこふんじゃった」。かなり高尚な雰囲気になる。

「『ねこふんじゃった』をバカにするのはいけないいな」

すまして和葉は言った。

「なんか音楽家って気がするな…」

うーむ…、と感心したように成親がつぶやく。

こんなことで認められても困るのだが。

それでも、なんでもない、こんなじゃれ合うような時間がちょっと楽しい。

「……それ、どうした？」

と、ふいに何かに気づいたように、成親が指先で肘まで剝《む》き出しになっていた和葉の二の腕の、ちょうど肘の下あたりをなぞって言った。

うん？　と和葉が肘を持ち上げてみると、かなり派手にすりむいた痕がかさぶたになっているのがわかる。

「ああ…」

自分でも忘れていた。

「この間、駅の階段から落ちたんだよ」

思い出して、思わず顔をしかめた。

「あいかわらずとろいな…」

「うるさいぞ」

あきれたような目で見られて、思わず憮然とする。

和葉はこんな仕事のわりには、そんなに緻密《ちみつ》な性格ではない。むしろ、おおざっぱ、と言えるだろう。

この時も顔からまともに落ちて、ケガよりも恥ずかしかった、という方が強かった。

なんとなく照れ隠しにタバコに伸びた手が、スッ…、と止められる。

「仕事中、ずっと吸ってたんだろ？」

わずかに叱《しか》るような眼差しで言われ、別に悪いことをしているわけではないはずなのに、和葉はちょっと視線をそらした。

「仕事中は無意識に手が伸びるからな…」

そんな言い訳めいた言葉が唇からこぼれる。

「ほら…、こっちにしとけ」

と、成親が冷蔵庫から何か小さなものを持ってきた。

一口サイズのチョコレートだ。包み紙をとって、口に入れてくれる。

ほんのりビターな、丸い甘さが身体に沁みこんだ。

「太りそうだな…」

ゆっくりと口の中でそれを溶かしてから、和葉は額に皺をよせる。

「きちんと運動すればいいさ。……毎晩な」

にやり、と意味深に言った男に、和葉はあえて淡々と返した。

「ゆうべも寝てないんだ。今日はそんな体力ないぞ」

「添い寝だけでもしてやろうか？　ピアノは弾けなくても子守歌くらいは歌えるぞ？」

くすっ…と喉で笑って言われ、ガキじゃあるまいし…、と和葉は鼻を鳴らす。
しかしふいに身体の奥に熱いものがにじみ出してきて、和葉は自分でとまどった。
「とりあえず、明日届けられるように録音をすませるよ」
それをふり払うように立ち上がって、和葉はさりげなく仕事部屋にもどった。
パタン…、と背中にドアを閉め、思わず長い息を吐く。
バカだな…、と思った。
生活に変化をつけるのはいい。だが、それにふりまわされては自分を見失う。
――行くところがないから。金がないから。
だから成親はここにいるだけだ。
ずっと、いつまでもいるわけではない。
いつまでも音楽室に閉じこもってはいられないのだ――。

※　　※

和葉の持っている車は一台だけ。ダークブルーのミニローバーだった。

特にこだわりがあったわけではなく、あまり運転する機会もないので、大きな車の必要がなかったのだ。こまわりが利いて、運転しやすいのもいい。

ただ、今日の運転手は成親だった。ようやく上がった曲を依頼主に渡しにいくのに、運転を買って出たのである。

「ハローワークはいいのか？」

冬の初めにしては暖かく、日差しもやわらかい。わずかにウィンドウをすかして風を入れながら、和葉は何気なく尋ねた。

「毎日行くもんじゃないからな。……そんなに早く追い出したいか？」

ハンドルを握ったままちらっ、と横目にされて、和葉は軽く肩をすくめた。

「いつまでも居すわってるつもりじゃないだろう？　おまえにだってプライドはあるだろうしな…」

「プライドねぇ」

さらりと言った和葉に、成親が小さくつぶやく。

「俺としては、おまえが俺を手放せなくなるように、毎日着実に地固めをしているつもりなんだが」

「……あぁ？」

とぼけるように言った男に、和葉はわずかに顎を上げて白い目を向けた。

「ま、家事一般は特筆するほどの腕前じゃないにしてもだ」

「そうだな」

謙虚、というより事実だ。……もっとも和葉よりはよほどマシだし、成親にしてみれば、おまえに言われる筋合いはない、というところかもしれない。

「あっちの方は、結構イイ線いってるんじゃないかと思うが？」

意味深に言われ、あっちがどっちかわからないほど和葉もうぶではない。

「……まだいいかどうか判断できるほどやってないだろ」

最初の一回だけ、だ。

成親が来て四日目だったが、和葉も夜は仕事をしていてそれどころではなかった――というのもある。

「相性もよさそうだったしぃ？」

しかしそんな和葉の言葉も耳から抜かして続けた成親に、和葉は肩をすくめてみせた。

「相性ね…。おまえだけにいいとは限らないだろう？」

「喜多見よりはよかったんじゃないのか？」

皮肉に言った和葉に、成親がちらりと視線をよこす。

「創とはそんなんじゃないよ」

ため息をつくように和葉は答えた。

「あいつは特別だからな。つきあいが長い分、遠慮なくグチも言えるし、甘えられるし…、面倒かけてる分、叱られてもいるけど」

そんな和葉の言葉に、ふん…、とおもしろくなさそうに成親が鼻を鳴らす。

「期待してろ。二度目を経験したら、もう俺から離れられなくなるぜ?」

「期待せずに期待してるよ…」

どこまで本気なのか。

あきれて、和葉はため息をついた。

道もさほど混んではおらず、車はスムーズにアーティストの所属する大手プロダクションのオフィスビルへとたどり着いた。

「はい、到着」

地下の来客用の駐車場に車を入れ、成親がエンジンを止める。

「道、くわしいな」

シートベルトを外しながら、和葉はちょっと感心した。

少しばかりわかりにくい場所で、以前に一人で来た時にはちょっと迷ってしまったのだ。

「まぁな」

成親はあっさりと言って、車を降りる。

「運転手、終了。ここからはマネージャー」

そして澄まして言った男に、和葉は思わず吐息で笑った。

「ガラ悪いな。俺の評判にかかわる」

「おとなしくしてますよ、先生」

飄々《ひょうひょう》と答え、和葉のあとからエレベータへと向かいながら、あたりをきょろきょろと見まわす。

「それにしてもすごいな…。外車の見本市ってとこだな」

感心したようにつぶやいた。

外来用の駐車場なので、社員ではなく、所属するアーティストや芸能人が多く停《と》めているのだろう。

ベンツやロールスロイスのような渋めの高級車だけでなく、カラフルなスポーツカーも多いのは、やはり俳優だけでなく若い音楽関係のアーティストが多いせいだろうか。和葉はあまり車にはくわしくなかったが。

ロビーフロアへ上がると、受付で名前を告げて約束の相手を呼んでもらう。

「――弓削先生！」

あちらでお待ちください、と丁重に示され、通りに面した大きな窓際のソファへ向かいかけたところで背後で呼びかけられて、和葉は足を止めてふり返った。

ちょうど正面玄関から入ってきたらしい、二十歳を過ぎたくらいの茶髪の男が手を上げて近づいてくる。

サングラスと十字のピアス。大きめのシルバーのペンダントが黒のTシャツの真ん中で目立っている。派手な感じだが、今の若いアーティストとしては普通なのかもしれない。

誰だっけ？　と、横から聞かれて、和葉は小声で教えてやった。

「天坂夕斗《あまさかゆうと》って俳優。この間、YU－TOって名前で歌手デビューもしてたな。自分の主演ドラマの主題歌で」

「俳優？」

そうは見えないのか、成親が首をひねる。

「今、高校生には人気だぞ？　ああ…、父親が天坂浩太郎《こうたろう》って、この世界では大御所の作曲家なんだよ」

「へー…」

と、成親が顎を撫でながらつぶやく。

「めずらしいな。どうしたんですか？　こんなところで。——あ、そろそろ俺の曲、作る気になってくれました？」

近づいてきた夕斗が、やはり気になるのか値踏みするように隣の成親に目をやって、しかし付き人かマネージャーだと判断したのだろう、きれいに無視して、和葉に愛想よく口を開いた。

「悪いね…。最近、こっちの仕事はあんまり受けてなくて」

しばらく前から何度も作曲の打診はあったのだが、和葉としてはあまりイメージが湧かず、のらりくらりと断っていた相手だ。

「ずるいなぁ…。そんなこと言って、今日は連中の曲、持ってきたんじゃないの？」

連中——という言い方が曖昧《あいまい》だったが、やはり同じ事務所内だからこそ、微妙な競争があるのだろう。

この世界に特有のあせりや嫉妬《しっと》や不安——そんなものが。

確かに和葉が今回仕事を受けたのは、夕斗より年下になる新人のバンドだった。そのデビューシングル。

同時に頼まれたのだが、和葉が両方はちょっと、と、片方だけ選ばせてもらったのだ。

それぞれの歌詞を見せてもらい、今までのプロモーションビデオを観て、もう片方のバンドの方が訴えかけてくるものが大きかった、ということだったのだが。

夕斗の方は、キャリアにしても人気にしても、当然自分が、という思いはあったようで、いささかプライドを傷つけたのかもしれない。

とりあえず角が立たないような断り方をしていたが、なかば意地になっているのか、何かの機会に会うたびに頼まれていた。

「……そうだ。今度、プライベートで遊びにいきましょうよ。伊豆《いず》の別荘の方とか。温泉あるし、先生ものんびり仕事できるんじゃないかな」

「夕斗くん、今、ドラマも入ってるし、いそがしいだろう？　そんなヒマはないんじゃないかな」

そんな誘いを、苦笑して和葉は受け流す。

「あいかわらず、よくドライブにも行ってるの？」

夕斗には以前、自慢の愛車を見せてもらったことがある。確か、派手な黄色のスポーツカーだった。

ドライブは趣味のようで、和葉にしてみれば何気ない問いだったが、一瞬、夕斗の表情がはた目にも強張《こわば》った。

「どうかした？」

和葉の方が驚いて聞き返す。

「あ…、いえ…、今はドラマもあるからあんまり遠出できないし。……そうですよね」

が、すぐに落ち着いた笑みを見せる。

それに和葉もうなずいた。

「今はそっちに全力投球した方がいいよ。ちょっと時間がなくてまだ観てないんだけど、今度、ドラマの方も観せてもらうから」

お願いします、と軽く頭を下げて、じゃ、と夕斗がエレベータに向かっていく。

「親しいのか？」

しばらくその背中を見送って、成親が尋ねてきた。

「親しいってほどじゃないよ。曲を頼まれてるだけで。……まあ、よくドライブとか食事とか、誘ってくれるけどね」

さらりと和葉は流した。

「年下は趣味じゃないし?」

いくぶん意味ありげに言った和葉に、成親があっさりと言った。

「だろうな。おまえ、手がかかるし」

「……どういう意味だよ」

なんとなくその言われ方にむっとする。

冗談っぽく、というのでもなく、本当に素で言われた感じなのだ。

「拗《す》ねるなよ。カワイイ、って言ってんだろ?　……ベッドの中じゃなくてもな」

そんな和葉に、苦笑するように成親がフォローした。

「口がうまいな…」

和葉は思わずつぶやいた。

今まで感じたこともなかったが、確かに、女に不自由はしてなさそうだ。

「ホストにでもなったらどうだ?」

「今から新人やる年でもないだろ」

成親はそれにあっさり肩をすくめた。

だが自分なんかは、ある意味、経験値も少ない分、いいカモになりそうだな…、と和葉はちょっと自嘲《じちょう》する。

もっとも今の成親との関係にしても、ある意味、ホストクラブに通うのと大差はないのかもしれない。専属、というだけのことだ。

そしてその契約も、わずかな間でしかない。成親にとっては、一日でも早く、きちんとした仕事を見つけた方がいいのだ。

……俺が雇ってもいいのかな……？

正式に、それこそ運転手としてとか。

ふとそんなことを考えている自分に気づき、和葉は無意識に首をふる。

それはなぜか嫌だった。立場の差、というのか。それを見せつけているみたいで。あからさまに同情しているだけみたいで――。

今の関係はおそらく……高校時代の、悪のりの延長、のようなものだった。実際に金を渡しているわけでもない。ただ、住居と食事を提供しているくらいで。

「あっ、弓削先生！」

「お待たせしましたぁ！」

夕斗がエレベータに消えるのと入れ違いのように、隣のエレベータから五人組が元気よく満面の笑顔で走りよってくる。現役の高校生から大学生で構成されたグループだ。

彼らにとってはデビューシングルになるので、本当に待ちに待った、というところのはずだった。それだけに、彼らにも自分にも、本当に納得のいくものを作りたいと思う。

「こちらこそ」

穏やかに答えながら、和葉は笑顔の下にそっとため息を隠した……。

彼らにできあがったばかりのデモテープを渡し、二、三度まわしてもらってから感想やイメージを聞かせてもらう。

ボーカルの子がメロディに乗せて口ずさみながら、無意識にだろう、小さく身体が動き始めている。だんだんとノッてくる様子がわかって、和葉もホッとした。

メロディに合わせて声を吹きこんだものを近日中にもらう約束をして、和葉たちはオフィスを出た。

「どうする？　まっすぐに帰るか？」

ローバーにもどり、エンジンをまわしてから、成親が尋ねてくる。

それに、いいや、と和葉は首をふった。

「せっかくだから買い物もすませとくよ。夕飯も食って帰れば楽でいいだろう」

あまり外出することもないので、出た時にはついでの用事がたくさんある。

が、今日は別の目的もあった。

とりあえず、一カ所ですべての買い物がすませられるデパート近くに車を停め、平日だというのに結構な人混みの中へと入っていく。

まず紳士服売り場へと向かって、和葉は冬物のシャツを数枚と、軽めのコートを一枚、手早く決めた。

外へ出ることが少ないので、年に何度も服を買うことはないが、和葉は決める時もあまり迷わない。

それから売り場を出たところで待っていた成親を指で呼んだ。

「おまえも一着、スーツを選べ。この格好じゃ、マネージャーと言うにも恥ずかしいぞ」

成親の着ているスーツの襟を引っぱって、和葉はいくぶん命令口調で言った。

和葉としては、かなり気を遣って言葉を選んだつもりだった。成親のプライドを傷つけるつもりはない。

「買ってくれるのか？」

しかし、なぜかくすっと笑うように聞き返されて、和葉の方がちょっとバカにされたような気持ちになる。

「別に…、貢いでやってるわけじゃない。恵んでるつもりもない」

思わずぴしゃりと、和葉は声を上げていた。そばにいた女性の店員が顔を引きつらせるくらいに。

「和葉…」

それにわずかに、成親がとまどったような表情になる。

「ただの好意だろ…！」

なぜだかわからないが涙が出そうになって、和葉は必死にそれをこらえた。

瞬きもせず、にらみつけるように男を見る。

一瞬、言葉を呑み、成親がふわりと笑った。

「悪かった。ありがたく受けとるよ」

穏やかなそのトーンに、喉元まで来ていた熱がふっ…と下がっていく。ムキになってしまったことが、急に恥ずかしくなる。

成親にしても、別に他意はなかったのだろう。

「……下着も買っておけ」

それをまぎらわせるように、和葉はつけ足した。

「了解です」

成親が堅苦しく答え、彼の方もさほど時間をかけずに三つほどを候補に挙げた。

「選んでくれよ」

そしてその選択権をゆだねられ、和葉は自分のより迷った末、ダークブルーの一着を選んだ。

「車にも合うな」

そう言って、成親は笑っていたが。

そのあとは本屋により、和葉は興味のある棚を順番にまわっていった。ところどころで立ち止まり、中をチェックする。

そしてふと気がつくと小一時間もたっていて、和葉はあわててきょろきょろとあたりを見まわした。

成親はずいぶんと退屈しているだろう。

と、思ったら、通路を挟んだエレベータの前で、成親は和葉の分の荷物を持ったまま、誰かと立ち話をしていた。

スーツ姿なので社会人だろうが、学生と言っても通用する童顔の男だ。

と、すぐ後ろのエレベータが、チン…、と軽い音を立てて止まり、男がふり返って、あわててそれに乗りこんだ。

すみません、というように、箱の中から成親に頭を下げている。

「成親」

背中から呼びかけると、ハッとしたように成親がふり返った。

「もういいのか？」

とってつけたように聞かれて、和葉はうなずいた。

「あとはレジで払うだけ。……今の、知り合いか？」

昔の職場の同僚にでも会ったのだろうか、と思う。

「いや…、なんか売り場を聞かれただけ」

しかし成親は苦笑するように答える。

「おまえが店員に見えるのか？」

和葉は思わず笑ってしまった。

こんなだらしない風情の店員では、店もはやらないだろう。

「払ってこいよ」

うながされてレジの列に並び、ようやく支払いをすませると、時間はほどよく夕方の六時をまわっていた。

「飯、どこがいいかな…。って、荷物、先に車に乗せた方がいいか」

さすがに自分も成親も大荷物になってしまっていて、和葉はちょっと首をひねる。

それともどこか預かってくれるだろうか。

……と、そんなことを考えていた時だった。

ドン…！　といきなり重い衝撃が背中にあたって、和葉は一瞬にバランスを崩した。

片手には買った本の入った袋と、もう片方にはパソコン用品の紙袋も抱えていて、とっさに手すりにつかまることもできない。

あっ、と思った時には、身体が宙に投げ出されていた。

「和葉…！」

成親の声が耳に届く。

一瞬、頭が真っ白になる。和葉はそのまま、目の前にあった階段を転げ落ちていた。

本当にあっという間だった。

身体が止まって、しばらくしてからようやく息をすることを思い出したくらいだ。

それを目撃した客たちだろう、まわりがざわざわとしているのがわかる。

そしてようやく、和葉は自分が成親の腕の中にいるのに気づいた。とっさに和葉の身体を抱えこむようにして、成親も階段を落ちたのだ。

そう、和葉をかばったまま、肩を後ろの壁にひどくぶつけたようだ。

「——成親っ！　おい！　大丈夫かっ？」

ハッと身を起こすと、あわてて成親の腕をつかんで尋ねる。

「……ああ、大丈夫だ」

頭をふりながらうめくように成親が答えて、和葉はハーッ…と長い息をつく。

こんなところでも、打ち所が悪ければまずいことになっただろう。

「おまえも大丈夫か？」

聞かれて、和葉はうなずいた。

「俺は何ともないけど…」

それにしても。

「危ないな…、あいつ」

チッ、と舌を弾《はじ》くようにして、成親が眉をひそめた。

「誰かぶつかってきたんだろ？」

言われて、和葉はうなずく。

さすがにその男ももういないようだった。故意じゃなければ、一言くらい謝罪がほしいところだが…、まあ、今の若者にはそれを期待するのは難しいのかもしれない。

もっとも相手を見ていないので、男か女か、若者か年寄りかもわからなかったが。

「お客様！　おケガはございませんか？」

あわてて飛んできた店員が、あたりに散らばった荷物を拾い集めてくれる。

「あ、大丈夫です。すみません」

やはり結構恥ずかしい状況になっていて、和葉は成親と分担してそれを受けとると、急いでその場を離れた。

「悪かったな…。おまえの方がダメージ大きくて」

ようやく人混みにまぎれ、和葉は改めて礼を言った。

とっさのことだったのだろうが、やはりうれしくも、申し訳なくも思う。

いや…、とわずかに厳しい顔で答えた成親は、ふと我に返ったように和葉に向き直り、にやりといつものように笑ってみせた。

「夕食は奮発してくれよ。……できれば、そのあとのデザートもな」

「エロオヤジか」

つっこみを入れ、やれやれ…、と和葉はため息をついた。


ひさしぶりに外へ出たせいか、部屋に帰り着くと和葉はそのままソファに倒れこんだ。

「今日は風呂入って早く寝ろよ。昨日、寝てないんだろ?」

ミネラルウォーターのグラスを渡されて、それを素直に受けとりながら、和葉は、ああ…、と気だるくうなずく。

いつになく活動的だったせいで、身体もほどよく疲れている。仕事もとりあえず片づき、夕食も食べてきたし、爆睡するには何の支障もない。

……はずだったけれど。

いや、だからこそ、なのだろうか。

「あ、シャワーだけの方がいいかもな。おまえ、夕飯の時にワイン、結構いってたし」

言いながら、一気に飲み干したグラスを和葉の手から受けとり、それをテーブルにのせてから、成親が和葉の隣に腰を下ろした。

「お疲れ」

そして、さりげなく和葉の髪を撫でてくれる。

「ん…」

目を閉じて、男の肩にもたれかかるようにして、和葉はその感触にまどろんだ。

何気ない言葉が、じわりと身体の奥に沁みこんでくる。

「大変だな…、こういう仕事も。なんか、終わりがないというか」

つぶやくように言った成親の声が、頭の上で聞こえてくる。

どこまで行ったら完璧、というものでもない。どこで自分が満足できるか、ということろなのだろうか。

ここ数日の和葉の作業を眺めていて、成親もそんなことを考えていたらしい。

「おかげで、おまえの唯一の仕事もなかったわけだしな…。本領を発揮できなかったわけだ」

そんなふうにつぶやいた和葉の言葉に、うん？　というように成親の手が止まる。

成親の仕事——今の——といえば、本来、家事一般より優先して、夜の相手、ということだ。

「いいのか…?」

うかがうように、こめかみのあたりに唇が落ちてくる。吐息だけで耳の中に尋ねられて、ゾクリ…、と肌が震えた。

「いいかどうかは俺が決めることじゃないのか……?」

目を閉じたまま、和葉は強いて淡々と答える。

「もちろんですとも、ご主人様」

成親が和葉の左手をとり、うやうやしく持ち上げて手の甲にキスを落とす。

「どうするかな…」

口の中でつぶやきながらも、……多分、誘ったのは自分の方だった。

夕食で飲んだワインが残っていて、頭の中がふわふわと気持ちがいい。そうでなければ、こんなことはしらふで口にはできなかっただろう。

「けど…、おまえ、今日は打ち身もありそうだし。コンディションよくないんじゃないのか?」

「どこかの作曲家ほど、とろくはないからな。かすり傷もないぜ?」

思い出して尋ねた和葉に、意地悪く成親が答える。

しかしそんな口が利けるくらいなら、問題はないのだろう。

うっかり身体に痣《あざ》でも見つけたら、少しばかり痛い目を見せてやってもいいかな…、とちょっと悪いことを考えてしまう。

「でも二度目を経験したら、おまえから離れられなくなるんだろ…？　慎重に考えないとな」

成親の言葉を逆手にとるように、和葉は意味ありげに男を見上げて言った。

「恐いか？」

が、自信たっぷりな男は、唇の端で笑うように聞き返してくる。

――恐い…。

正直、恐いのかもしれなかった。

離れられなくなったら……つらいのは自分の方だとわかっている。

逆にこの男をつなぎ止めておけるほど、自分に自信などなかったから。それほどの経験があるわけでもない。

ただ、自分のプライドの高さは自覚していた。

もし捨てられたとしても――拾ったのは自分の方だというのに――いつまでもしがみついているようなみじめなマネは、自分にはできないのだろう。それが虚勢であっても。

だから――大丈夫……。

自分にそう納得させる。

「もちろん、俺の気分に合わせたムードを作ってくれるんだろうな？」

「タンゴな感じとか？　スロージャズなリズムとか？　お好みのままに」

澄まして答えながら、成親の指が和葉のシャツのボタンを一つずつ外していく。

いくぶん皮の固い指先が肌に触れ、ツッ…、とたどられて、ビクッ…と一瞬、身体の芯を何かが走り抜けた。

「そうだな…。今日の気分はバッハのトッカータとフーガ、ストコフスキーのアレンジかな」

そっと息を吸いこみ、和葉はさらりとリクエストする。

う…、と成親の手が止まった。

「……予習する時間をくれ」

「風呂入ってる間に勉強しろよ」

うめくように言った男の身体を軽く押しやり、和葉はくすくすと喉で笑いながら、ソファから立ち上がった。

くすぐったいような駆け引き——。

二人だけのそんな時間が……空気が楽しくて。

シャワーの湯で身体を打たせながら、頭の中で絢爛《けんらん》とトッカータとフーガが鳴り響く。

成親のアレンジが楽しみだった——。

※

※

それは、成親《なるちか》が転がりこんできて十日ほどがたった頃だった。

誰かがいる生活——というのにも少しずつ慣れてきて、そのリズムが身体に馴染《なじ》み始める。

起きるのに合わせて食事が出されるのにも、煮詰まって何かに当たりたい時に手頃な相手がいるのにも、……夜、何も考えずに眠りたい時に抱きしめてくれる腕にも。

ずるずると……中途半端にこんな状態が続くのはいいことではないとわかってはいたが、かといって何をどうすればいいのかもわからず、和葉《かずは》はあまり先のことを考えないようにしていた。

成親が仕事を見つければ、それが一つの区切りになるのだろう。

あまり職探しに熱心とは思えなかったが…、和葉はあえて何も言わなかった。

もし…、成親が和葉の金をアテにするようになったとしたら、幻滅はするだろう。そして、その責任は自分にもかかってくる。

もっとも成親は和葉に金を要求したことはなかったし、もちろん部屋から金めのものがなくなっているとか、そんなこともない。

たとえばカードを勝手に使われていたとしたら、明細が来るまでわからないが…、想像したいことではなかった。

信じている——というのとは、少し違う。

現実を見ないようにしているのだろう。卑怯《ひきょう》にも。

成親がどこから来たのか。今までどんな生活をしていたのか。

本当に、和葉との出会いは偶然だったのか——？

ふと、そんなことを考えてしまうけれど。

しかし気がつけば、タバコは半分くらいに減っていた。それだけでも、感謝すべきことなのかもしれない。

シングルのアレンジもまだいろいろといじってはいたが、次に来ていたのは映画のサントラ——劇伴の仕事だった。

とりあえず、三十曲ほどの発注だ。期間はひと月。

ギャラのわりに厳しいと言えば厳しいが、和葉としては好きな監督でもあり、やりたかった仕事だった。

和葉の名前が売れたのはバンドに提供したバラードだったが、もともとクラシック畑の人間だし、インストゥルメンタルの方面に興味があった。

監督やスタッフとの正式な打ち合わせが予定されていたが、その前に渡された脚本やコンテを眺めて、つらつらといくつか、シーンに合わせたメロディを思いつくままに書きとめてみる。

シンセでちょこっとアレンジしてみて、これはいいかな、と思えるものも、これはちょっと違ったか…、と思えるものも出てくる。

と、ふと思いついて、そのうちのボツにした一つを、和葉はシンセできちんと編曲し、二十秒ほどにまとめてみた。

軽快で、ちょっとひねりのきいた旋律で。耳に残る。

和葉は、成親が風呂に入っている隙《すき》にこっそりと、それを成親の携帯にとりこんで、自分の携帯の着メロに設定してやった。

一応、外に出てはぐれたりした時のために、おたがいに携帯の番号は交換している。

もっとも特に電話で話す必要はなく、今まで使ったことはなかったが。

いつ気がつくかな…、と思うと、ちょっと楽しい。

もしかすると、成親が仕事を見つけてこの部屋を出たあとかもしれないけれど。

その時にでも、感想が聞けたらうれしいと思う。

……あるいは、その感想を伝えるためだけにでも、電話をかけてきてくれれば。

終わったあとのつながりを持ちたかったのだろうか。

そういえば、成親は仕事もしていないくせに、わりと頻繁に誰かとメールをしているようだった。和葉の前ではさりげなくやめるのだが、仕事部屋からトイレや何かに出た時にとか、よく打っているところを見かけた。同じ相手かどうかはわからないが、電話のやりとりもたまにあるみたいで、仕事部屋でヘッドフォンを外した拍子に、その声が聞こえたりもする。

ただの友人か……、あるいは女…、なのか。

気にならないわけではなかった。

成親の携帯に着メロを仕込んだ時、一瞬、指がメールチェックをしそうになったが、和葉は危うくそれを止めた。

――たとえ…、成親に親しくメールのやりとりをする相手がいたとしても、それでどうだというのだろう。和葉がどうこう言うことでもない。

何か言う権利はないのだ。別に、恋人というわけじゃないのだから。

この日はその映画の仕事の打ち合わせで、和葉は指定されたホテルのロビーラウンジへ足を運んでいた。

もちろん、成親の運転だ。

打ち合わせは時間もかかるだろうし、待ってるのはヒマだぞ、と忠告したのだが、ホテルのメシとコーヒーはうまいしな、と気にしてはいないようだった。

マネージャーとして同席していてもよかったのだが、興味がなければそれも退屈だろう。

ちらりと思い出したように目をやると、和葉が監督やスタッフと顔合わせをしている間、成親は少し離れた席で雑誌を読んでいた。

「ここに音が欲しいんだよ。セリフじゃなくて音で表現したい」

「――あ、はい」

監督の言葉に、ハッと視線をもどして脚本をチェックする。

全体のトーン。そして音楽の必要なシーンごとのイメージを、一つ一つ確認していく。

音楽はその登場人物の心象を表現することが多い。それだけに、キャラをはっきりとつかまなければならない。

自分のアルバムを作るのとはまったく違うので、どこまで自分の個性が出せるのか、出していいのかを慎重に推し量る。

「うちの監督、ダメ出しがきついんで。覚悟しといてください」

二時間ほどぶっ続けで討論したあと、監督がトイレに立った隙に助監督からそんなふうにささやかれて、和葉も苦笑しつつ気合いを入れ直した。

ふと思い出してふり返ると、さっきまで成親のいた席が空いている。

あれ？　とふり返ってあたりを見まわすと、ホテルのロビーを仕切ったラウンジの外で、成親は誰かと立ち話をしていた。

柱の陰になってよく見えなかったが、相手は年下らしい若い男だ。きちんとしたスーツ姿だった。

——誰だろう…？

和葉はちょっと首をかしげる。

わりと深刻そうな成親の横顔は、単に何かを聞かれたとかそんなふうではない。

知り合いにでも会ったのか…、就職の世話でも頼んでいるのだろうか。

借金とり、というような迫力は相手の男にはなく、童顔で愛嬌《あいきよう》のある感じだ。

その時、あっ、と思い出す。

あの男だ。デパートでも成親と話していた……。

あの時、成親は売り場を聞かれただけ、と言っていた。しかしどう考えても、二人は知り合いのようだった。

——どうして……？

胸の奥を、何か冷たいものが走り抜けた気がした。

なぜ、成親は自分にウソをつく必要があったのだろう？

単に友達であれば、紹介してくれてもいいように思う。いや、紹介までしなくとも、ウソをつくようなことではない。

和葉に知られたくない話なのか。それとも、関係自体を知られたくないのか。

「弓削《ゆげ》さん？」

「——あ、すみません」

怪訝《けげん》そうに声をかけられて、和葉はあわてて前に向き直った。

——とにかく仕事に集中しよう……。

そうは思ったが、それでも相手の言うことを書きとめるだけで精いっぱいで、こちらから何か具体的な質問を頭の中でまとめることができなくなっていた。

とりあえず、何か質問や要求がまた新たに出れば連絡をとり合うということで、今日は切り上げることにする。

打ち合わせの開始から四時間近くがたっており、気がつくと、成親は何事もなかったようにもとの席にすわって雑誌を眺めていた。

「終わったのか？」

近づいた和葉に、顔を上げてそう言った口調も、笑顔もいつもと同じで。

あの男と話していた時の、険しい横顔はまったく感じさせない。

別人みたいだな…、とそう思うと、心の中で何かが冷めていくのがわかる。

この様子では和葉に話すつもりはないようで、尋ねてもこの間のようにとぼけられるだけだろう。

問いつめてみてもよかったが…、そこまでしなければならないことだろうか、とも思う。

自分と成親とは、そもそも恋人でも家族でもない。隠しごとなど、あってあたりまえなのだ……。

この日もそこそこ遅い時間になったのでそのままホテルの上のレストランで夕食をとってから、マンションへ帰った。口を開くのもおっくうな気がして、和葉は帰りの車の中、ずっとワインに酔って眠ったふりをしていた。

ちょうど車がマンションの駐車場に停《と》まった時、いきなり「森のくまさん」の曲がぐぐもって流れ始める。幼稚園のお遊戯のようなものではなく、かなりテクノ調のアレンジのかかったやつだ。

成親の携帯のようだった。もちろん、和葉が入れた曲ではない。あの曲は番号指定の着メロで、和葉の番号からかけた時だけ流れるようにしている。

薄暗い駐車場の中で、ちらっと成親が和葉に視線をやり、それからポケットの携帯をとり出すのがわかった。

「ああ…、ユリか」

短く答えながら、ドアを開けて車を出る。

和葉を起こしたくない、というより、やはり内容を聞かれたくないのだろう。

――ユリ……。

成親の口にしたその名前が耳に残る。

女の名前だ。それが成親の相手なのだろうか？　前につきあっていた女か、あるいはこれから転がりこむ予定の女なのか。

電話は十分ほども続いたが、ようやく帰ってくると、まるで今到着したように成親が和葉の肩を揺すって起こした。

「着いたぞ。ほら、起きろ」

「ああ…」

和葉も目を開けて、ようやく気づいたようにのっそりと身体を起こす。

いつもと同じように部屋にもどり、風呂に入って。

「疲れてるみたいだな…」

成親も、いつもとは少し違う和葉の様子に気づいていたのだろう。

バスローブ姿で寝室に入り、何気なく窓から外の夜景を眺めていた和葉に、成親が声をかけてきた。

背中からそっと両腕がまわされ、優しく抱きしめられる。

肩口に、首筋に押しつけるようにしてキスが落とされて。

しかしいつものように、和葉がそれにドキドキすることはなかった。

何か…、心の中が空っぽになってしまったみたいで。

何も、感じない——。

成親の指の感触も、その温《ぬく》もりも。

夢のように消えてしまっていた。

「どうした…?」

やはり反応が薄いことを察して、成親が機嫌をとるように和葉の顎《あご》に手をかけて唇を近づけてくる。

いつもと同じ…、優しい感触のはずだったけれど。

「その気になれないな…」

和葉はつぶやくように言うと、そっと成親の身体を押し返した。

そしてサイドテーブルのタバコに手を伸ばすと、火をつけて深く煙を吸いこむ。

「和葉？」

さすがに成親が怪訝な顔で、うかがうように和葉を見つめてくる。

ふぅ…、と大きく煙を吹き出してから、その靄《もや》の中に和葉は男の顔を見つめ返した。

「わからないのか？　もう飽きたんだよ」

そして淡々と言い放つ。

「和葉……」

わずかに成親の目が大きく見開かれた。

「どうした、急に？」

確かに、成親にとってはいきなりだったかもしれない。

しかし決定的に何がどう、というものでもなかった。

——ただ……、嫌だったのだ。

歯がゆかった。

この男が他の女の名前を呼ぶことも…、コソコソと和葉に隠れて何かをしていることも。

都合のいいだけの存在にはなりたくなかった。

だから自分がまだプライドが保てるうちに…、きれいに別れられる方がいい。

「始めからの約束だったよな？　俺を満足させられるんなら、って」

和葉の言葉に反論もせず、成親が何か見透かそうとするようにただじっと見つめてくる。

「いい気晴らしになったよ。おかげで曲も一つ、上がったし。でももう、おまえじゃ無理だから」

前髪をかき上げ、さらりと言って、和葉はタバコを灰皿に落とす。そして再び男に向き直った時、和葉は静かに言った。

「出て行ってくれないか？　映画の仕事は、気の散らない環境でしたい」

ずいぶんとひどい言いぐさだな…、と自分で思う。

犬猫みたいに拾っておいて、自分の用がすめばポイ、と捨てるのだ。

怒ってもいいはずだった。口汚く罵《ののし》って、あるいは手を上げても。

しかし成親は、和葉をまっすぐに見つめるだけだった。

「転がりこむ先はいくらでもあるんだろ？」

ゆっくりと腕を組み、そう言った和葉に、ようやく成親が深い息を吐き出した。

「……わかったよ」

と、一言だけ。

そして来た時に着ていたスーツの上だけを手にとって、部屋を出て行った。

遠くで玄関ドアの閉まる音がして、冷たい静寂だけが全身を押し包む。

ぎゅっと自分の両腕をつかんだまま、和葉はしばらく動くことができなかった。

どのくらいしてからか…、声もなく、熱いものが頬《ほお》を伝い落ちているのに気づいた……。

※　　※

成親が部屋を出て二日――。

和葉はもとの生活にもどっていた。

食事が勝手に目の前に出てこないこととか、自分で掃除をしないと部屋が汚れる一方だとか、やはり多少、不便だな…、とは思う。

それだけ慣らされていたのか…、と思うと、皮肉な笑みが浮かんでしまうが。

冷蔵庫には一口サイズのチョコレートが箱の中にまだいくつか残っていて、和葉は初めて自分で包み紙をとって口に入れた。

糖分をとれよ、と、そういえば、いつも成親が口に入れてくれていたから。

それがいつもより少し苦く感じる。

――一言も……弁解しなかったな……。

それが意外でもあり、成親らしいとも思う。

潔い、というべきなのかもしれない。

あるいは、本当にビジネスライクだったんだな、と。

禁煙も半分くらいは成功していたから、喜多見《きたみ》には半額支払ってもらってもよかったくらいかもな…、という気がした。

転がりこめる部屋があるにしろ、生活費は必要だろうに。

と、和葉は我に返るように首をふった。

何も自分が心配してやるようなことじゃない……か。

それでもあの男の気配を探して、ふっと仕事部屋のドアを見つめてしまう。

そこを開けば、また成親の姿が見られるような気がして。

ふいに十年前の、卒業式の日のことを思い出す。

紙吹雪が舞い、運動部の胴上げをする野太い声が響き、級友や後輩たちが別れを惜しむ中、和葉はそっとその輪を抜け出して音楽室へと向かっていた。

閑散とした部屋の中に足を踏み入れ、そっとピアノの前にすわる。

しかしこの日、指が鍵盤《けんばん》をたたくことはなかった。

もしかすると、待っていたのかもしれない。

自分でもわからないまま、ただしばらくぼんやりとしているうちに、ようやく気づいたのだ。

——先客がいたことに。

部屋の隅におかれていたティンバルの陰に転がって、成親が目を閉じていた。

式が終わってから来たのか、式自体に出なかったのか。

卒業証書の授与はクラス単位で名前が呼ばれ、代表者がとりに行く形なので、いたのかいなかったのかはわからない。

和葉はごくりと唾《つば》を飲みこみ、そっと男に近づいた。

静かに、しばらく様子をうかがう。

成親は身動き一つせず、やはり眠っているようだった。

こんな日に…、とあきれてしまうが。

「嵐《テンペスト》」でも弾いて起こしてやろうか、とも思うが、考えてみれば成親は、和葉がどんなに激しい曲を弾いている中でも平気で寝ていた。本当に子守歌代わりに。

しばらくじっと男の顔を見つめ……それは自分でもとらえきれない、一瞬の衝動だった。

和葉はそっと男に顔を近づけた。

唇だけ。乾いた熱が、吐息が、自分の唇に触れる。

だがハッと、次の瞬間、身を起こし、和葉は音楽室を飛び出していた。

――本当に……バカだった……。


それから数日、和葉は何も考えないようにして仕事に没頭した。

全体のテーマとなる曲の候補をいくつかまとめ、デジタルプレイヤーに放りこんで打ち合わせに向かう。

運転手がいなくなったので、車はおいてタクシーを使った。

今回の打ち合わせは撮影スタジオの中で、和葉もいろいろとものめずらしく、撮影風景を少し見せてもらう。そして合間に持ってきた曲を聴いてもらい、修正のポイントを洗い出して、イメージをすり合わせる。

追加になったシーンもチェックして、ようやく和葉はスタジオを出た。

やれやれ…、と肩をまわし、タクシーを拾おうとあたりを見まわした時だった。

スッ…、と何かが視界の端で不自然に動いた気がして、和葉は何気なくそちらに目を凝らした。

スタジオの、倉庫か何かの建物の陰だ。

何だろう…？　と思っていると、しばらくしてそこから若い男がそっと顔を出す。

まともに目が合った。

——あの男……？

覚えがあった。成親と話していた、あの男だ。

むこうも当然、目が合ったことはわかって、あっ、とあわてたように男が視線をそらした。

そして何気ないふうを装って、別の方向を眺め始める。

——何だ…？

妙に気にくわない。まるで監視されているようで。

和葉は意を決して、まっすぐに男の方へ向かっていった。

すぐ後ろまで近づいてから、ようやく相手は和葉が迫っているのに気づいて、バッとふり返った顔がみるみる引きつっていった。

「俺に何か用か？　成親ならもううちにはいないぞ？」

どちらかといえばカワイイ系の顔立ちで、とても借金とりには見えないが、新手のタイプなのだろうか？

そんなことを考えながら、和葉は尋ねた。

「あっ…、いえ、そうじゃなくて——っていうか、その……」

男がバタバタと手と首をふる。

「じゃあ、俺に用なのか？」

「それは…」

さらに問いつめた和葉に冷や汗をにじませ、男はいきなりバッ、と頭を下げた。

「すみません！」

そして叫ぶように言うと、ものすごい勢いで背中を向けて逃げ出した。

「な…」

さすがに和葉もあっけにとられる。

「おいっ、待てっ！」

が、すぐさま我に返ると、和葉は全力でその男を追いかけていた。

もともと活動的ではない和葉だ。かけっこも得意ではない。

だがこの時は、天が味方をしてくれたようだった。

男の逃げた先を踏切が封鎖し、ぜぃぜぃと息を切らしながらなんとか追いついた和葉は男の襟首を捕まえた。

「おまえ……、こんなに……俺を…走らせたからには……全部……しゃべってもらうから……なっ……！」

息を弾ませながら、精いっぱいドスを利かせて和葉は男をにらみつける。

「いや…、ホント…、勘弁してくださいよ…っ、弓削さん……っ」

泣きそうな顔で言ったところを見ると、和葉の名前も知っているらしい。

和葉より少し背は低いが、そこそこの体格で、おそらくまともに組み合えば体力のない和葉に勝ち目はない。

が、男は腕力に訴えるつもりはないようだった。

「どうして俺をつけまわしてる？　おまえ、成親とどういう関係なんだ？」

逃がすか…、という気迫で、和葉は鋭く問いただす。

「べ、別につけまわしてるってわけじゃ…。あの、お願いですから落ち着いてください」

上目づかいにおどおどと言い訳しながら、男は両方の手のひらで和葉を押しとどめるようにする。

「十分落ち着いてるよ、俺は」

冷ややかに和葉は答え、男の手をぱしっと払う。

「おまえ…、ストーカーか？　なんなら一緒に警察に行って、じっくり話を聞こうか？」

そしてそう脅すと、見る間に男の顔色が変わった。

「ちょっ…、待ってくださいよっ。そんなんじゃないんですからっ」

必死に訴える表情は、童顔なのが得をしているのか、ウソをついているようでもない。

「ただ、事情を説明するには、今はちょっとまだ…」

逃げ腰の男に、和葉はさらにかぶせる。

「じゃあこのまま警察に——……ああ、ここから一一〇番すればいいかもな」

「わかりましたっ！　わかりましたからっ」

和葉が携帯をとり出すふりをすると、男はあわてて和葉の腕を押さえた。

「あの、実はですね——」

※　　※

和葉は猛烈に怒っていた。

自分をつけまわしていた男を脅しすかして、強引に口を割らせたそのあと。

知り合いに電話を入れて、さりげなく目的の男のいる場所を確認すると、和葉はその足でここに来ていたのだ。

吹きさらしのオフィスビルの正面入り口前で三十分——。

いつになく走りまわって疲れていた上、この季節、日が落ちるとかなり肌寒くて、情けなく鼻水まで出そうになる。

——なんで俺がこんなこと……。

一瞬、弱気にもなるが、しかしあんなふうに利用されるのはどう考えても納得がいかない。

――あいつ…、人をコケにしやがって……!

頭の中に成親のにやけた顔を思い浮かべ、腹の奥にさらに憤りが湧《わ》いてくる。

和葉はぶるぶるっと首をふった。

見てろよ…、と腹に力を入れ直す。

と、ようやく自動ドアのむこうのロビーに目当ての顔を見つけ、和葉は彼が出てきたところでさりげなく近づいて声をかけた。

「夕斗《ゆうと》くん」

「あれ…、弓削先生? どうしたんですか、こんなところで?」

夕斗がさすがにとまどった表情で、確かめるようにサングラスを外す。

「いや…、近くで打ち合わせがあったから。いつも誘いを断ってばかりだったし、今はちょっと時間に余裕もあるからね。食事でもおごろうかと思って。一応、年上だし」

そんなふうに言った和葉に、へぇ…、と意外そうに夕斗がつぶやいた。

「どういう風の吹きまわしかなぁ…。でもうれしいな」

夕斗がにっこりと、男前の顔にアイドル的な笑みを浮かべる。女子高生には無敵だろう。

「今、時間、大丈夫?」

「ぜんぜん」

うなずいた夕斗と、和葉は肩を並べて歩き出した。

「でもホント、めずらしいな。俺、ひょっとして弓削先生には嫌われてるのかと思ってたんだけど」

「まさか。そんなわけないでしょ」

さりげないながら、どこかうかがうように言われて、和葉は軽く笑って受け流す。

「最近、ようやく君のドラマを観てね。君のイメージで一曲、作れるかな、って思って。だから一度、きちんと話せる機会があればと思ってたんだよ」

「うわ…、マジ、ホントっ？」

やったっ、と拳《こぶし》を握って、夕斗が無邪気に喜んでみせた。

それが演技だとは思えなかったが、……まあ、何と言っても俳優ではある。

そんな様子を横目に、和葉は思い出したように口を開く。

「あ…、歩きで大丈夫だった？　車じゃないのかな？」

「えっ？」

その言葉に、夕斗が驚いたように短く声を上げた。

何ということはない問いのはずだが、その表情がわずかに強張《こわば》っているように見える。

……のは、こちらに先入観があるからなのか。

そういえば、この間も車の話が出た時に様子がおかしかった…、と思い出す。

しかし和葉は何気ないふうに続けた。

「そういえば最近、車乗ってないの？　この前もオフィス、ロビーの方から入ってきてたみたいだけど」

車なら地下の駐車場から上がってくるので、入口の方向が違うのだ。

「いや…、車…、買い替えたんですよ。前の、飽きちゃったからね。今、新しいのの納車待ちで」

ほがらかな和葉の問いに、いかにも軽い口調で答えた夕斗の言葉は、しかしかすかに語尾が緊張しているような気がする。

「へえ…、もったいないな。まだ新しかったのに。黄色のカッコイイ車だったよね」

車種が見分けられるほどくわしくはないが、スポーツカータイプの外車だったことは覚えている。自慢の愛車だったようで、何度かドライブにも誘われたのだ。

「……さてと。何、食べようか？」

しかし夕斗の様子には気づかないふりで、和葉はさらりと話を流した。

「あ…、何でもいいですよ。弓削さんの好きなもので」

「そう？」

そういうキャラ作りなのか、ふだんはもっと生意気な雰囲気だが、いつもに似ず殊勝な答えだった。

もっとも父親は大御所の作曲家で、母親は大女優だ。ロック・ミュージシャンというのが、そんな両親への反発というのか、それがかっこよく見える、彼にとっては一つのファッションのようなものなのだろう。

インタビューなどを見ると、両親とは違って自分は自分の道を行く、というポーズのようだったが、実際には甘ったれのボンボンという気もした。使っている高価な楽器や車も親がかりのようだ。

それでも手頃なイタリアンの店に入り、何気ない業界の話題とか、夕斗のやっているドラマの話などで、彼もだんだんと余裕をとりもどしたようだった。

「弓削さんていろんな楽器、できるんだろ？　今度、教えてほしいなぁ…」

ワインも数杯入って、いくぶん口調がなめらかになる。

「民族楽器とか？　オヤジもいろいろコレクションしてんだけど、飾ってるだけなんだよねー」

「俺だってそうだよ。使ってみたい楽器はいろいろとあるけど…、劇伴とかでもね。シタールとかディジリドゥとか。チターとかもね」

夕斗にそんな渋い楽器の趣味があるとは少し意外に思いながら、和葉は答えた。

そうなんだ…、と小さくつぶやいて、夕斗は軽く瞬きする。

「なんか急で悪かったね。送るよ」

夕食を終えたのは九時過ぎで、そんなに遅い時間ではなかったが、そう言って和葉はタクシーを拾った。

「一人暮らしだっけ？」

「親と一緒。そろそろ出ようと思ってるんだけど…。やっぱりいろいろうっとうしいしなァ…」

顔をしかめて、夕斗が言った。

二十歳を過ぎて親と同居というのが、やはり窮屈らしい。

「夜遊びもできないしね」

からかうように言った和葉に、夕斗がまぁね…、と笑って肩を揺らす。

しかし私生活がかなり派手なので、事務所の方で一人暮らしを止めているという話も聞いたことがあった。

「……あ、せっかくだからうちによってってってよ。お茶くらい出すし」

そんなふうに誘われて、実はそれを狙《ねら》ってもいたのだが、和葉は少し躊躇《ちゅうちょ》してみせた。

「いいのかな…。浩太郎《こうたろう》先生のご自宅にうかがうなんて、ちょっと緊張するけどね」

実際顔を合わせるとなると、どんな挨拶《あいさつ》をしていいのか、和葉もとまどうところだった。

面識もないし、あちらはいわゆる歌謡曲を手がけていて、ジャンルも違う。

「もう古いよ、オヤジの曲なんて」

しかし夕斗は冷たく言い捨てた。

和葉はそれにわずかに眉をよせる。が、何も言わなかった。

他人の家庭環境や親子の確執にコメントできるほど、和葉も偉くはない。和葉自身、クラシック畑の家族からは少し浮いた存在なのだ。

ただ…、その葛藤《かっとう》を抱えていた高校時代に、成親が寝に来ていた音楽室で、あの場所で、自由に好きなものを弾けたことで、やはり解放されたのだろう。

――あいつ……。

和葉はそっと唇を噛《か》む。

別に、あんなまわりくどいやり方をする必要などなかったはずだ。

ウソをついて、あんなやり方で近づいてこなくても。

ほどなく着いた閑静な住宅街にある夕斗の自宅は、広い庭のあるかなりの豪邸だった。二階建てで、地下もあるのだろうか。

しかし広いだけに家族三人――兄弟はいなかったはずだ――だと、一つ屋根の下でもあまり顔を合わせそうにない。

家政婦の一人や二人いるのだろうが、この時間には帰っているのだろう。中は閑散とした様子で、リビングに通されて、和葉は少し、落ち着かない気分になる。

「すわっててよ。お茶、淹《い》れてくるから。あ、コーヒーがいいかな?」

そんなふうに言って夕斗がいったん姿を消し、和葉はようやく少しホッとしてあたりを見まわした。

このリビングにもグランドピアノがあって、やはり音楽家の家だな…、と思う。

もっとも最近はあまり使われていないようで、閉じたままの蓋《ふた》の隅に薄く埃《ほこり》がたまっていたが。

とりあえずは家に入りこんでみたものの、どうするかな…? と、和葉はちょっと考えこんだ。

どうやら問題の車は、素早く処分しているらしい。まあ、当然だろう。

とすると、証拠になるようなものは何も残ってないのだろうか……?

だとすると、――わからない。夕斗の行動の意味が。

何か……あるはずなのに。

難しく眉をよせた、その時だった。

和葉の目が吸いよせられるように、それを見つける。

リビングの壁際にある、洋酒のキャビネットの上――。

立てかけられるようにして飾られているのは、見覚えのあるチターだった。

無意識に近づいて、間近にそれを眺める。

間違いなかった。

楽器の表に施された螺鈿《らでん》細工のように華やかな二羽の鳥の模様。切れた弦。古びた色と装飾。

──あの時の……？

しばらく前に、和葉が骨董屋《こっとう》で見つけたものだ。

そう…、あのひき逃げ事件の現場の近くで。

買い手はすでに決まっていると言われたのだが、それが夕斗──いや、おそらく天坂浩太郎だったのだろう。

──あれ…？

と、和葉は首をかしげた。

とすると、どういうことになるのだろう……？

何かわかったような、わからないような。

ふっと何かをつかみかけたような気もしたが、妙にはっきりしない。

「弓削さん」

と、いきなり背中にかかった声に、和葉は思わず跳び上がりそうになった。

ハッとふり返ると、いつの間にかもどってきていた夕斗が、トレイを手にしたまま、じっと和葉を見つめていた。

どこか感情の失せた表情で。

「あ…」

和葉は無意識に唇を動かしたが、言葉にならなかった。

「それ、見覚えあるんだろ？」

と、夕斗がトレイをテーブルにおき、顎でチターを指して、不自然なほどほがらかな調子で尋ねてくる。

「そ…そうだね…。俺も……欲しいと思ってたから」

どこかぎこちなく、ようやく和葉も返す。無意識に浮かべた笑みが、自分でもわかるくらい強張っていた。

それに夕斗が吐息で笑った。

「やっぱりな…。急におかしいと思ったんだよ…」

自分につぶやくように言って、大きなため息とともに前髪をかき上げる。

「ひょっとして…、気がついてたんだろ？」

そしてじっと射抜くような目で、淡々と聞かれて、和葉は思わず息を呑《の》んだ。

「何を…？」

それでもなんとか、干からびた声がこぼれ出る。

夕斗の顔にいびつな笑みが浮かんだかと思うと、次の瞬間、形相が一転した。

「——くそっ！」

吐き出すように叫び、足下のガラステーブルを感情的に蹴《け》り上げた。

凶悪な音を立ててガラスが割れ、トレイと一緒にコーヒーカップが飛び散って、絨毯《じゅうたん》に黒い染みをつける。

そして夕斗は大股に近づいてきたかと思うと、いきなり和葉の胸倉をつかみ上げた。

「あんた…、俺を強請《ゆす》る気かっ？　思わせぶりにいろいろ言いやがってよっ！」

荒い息をつき、怒りのにじむ目が和葉をにらみつける。

「な…っ、夕斗くん…っ？」

あせって無意識にもがき、和葉は夢中で喉元《のどもと》にかかった手に爪を立てるようにして、夕斗の腕をふり払った。

その反動でソファに倒れかかり、ぜぃぜぃと大きく息をつく。

夕斗の言っている意味は、はっきりとはつかみきれない。が、それでも、夕斗にとって都合の悪い何かを自分が知っているのだ、ということは理解できた。

「やっぱり…、あんたも殺すしかないのか……？」

憑《つ》かれたような目でじっと見つめられ、ゾッ…と背筋が凍りつく。

――殺す……？

あまりに非日常的な言葉を突きつけられて、和葉の思考が一瞬、停止する。

「仕方ないよな…。あんなことバレたら……、俺、終わりだしさ……」

ぶつぶつと口の中でつぶやき、夕斗がゆっくりと近づいてくる。

その言葉に、ゴクリと和葉は唾を飲みこんだ。

「君が……ひき逃げしたんだな……？」

喉に引っかかるような声が、ようやく絞り出される。

「あのガキが悪いんだよっ！　いきなり目の前に飛び出してきやがってっ！」

全身からふり絞るようにして、夕斗が吐き出した。

そうだったとしても、逃げたことが許されるわけではない。

——やはり…、とようやく和葉も確信した。

五歳の女の子がひき逃げされた事件。ひどいな…、とは思っていた。そして、あの骨董屋の近くだったんだな…、と。

本当に、そのくらいの認識しかなかったのに。

そんなに大きく自分が関わっていたとは、自分ではまったく思いもよらなかった。

だが目の前の危機は、現実だった。さすがに一人で飛びこんだことを後悔する。

確証がつかめれば…、とは思っていた。

それをあの男の横っ面にたたきつけてやれれば、少しはすっきりするだろう…、と。

「やめろっ！　自分の家だぞっ。騒げばご両親だって……」

じりじりと迫ってくる夕斗に、和葉は必死に声を上げた。

「いないよ、今日は誰も」

あせって叫んだ和葉の言葉をさえぎるように、唇だけ歪《ゆが》めて夕斗が冷笑した。

「オヤジは旅行だし、母親はロケに行ってるし。あいつらにバレたら、またうるさいしな…」

しまった…、と和葉は指を握りしめた。

誰かが在宅しているだろうと思っていたからこそ、家に入ったのだ。その油断もあった。

自分の存在が何かのキーになるのなら、揺さぶってみようか…、とは思っていた。うっかり、夕斗が何か口走るかもしれない、と。だが。

——冗談だろ……。

一気に血の気が引く。

まさか、こんなことになるとは思ってもいなかった。

「どうしよう…？　俺…、弓削さん、殺さなきゃ…」

自分につぶやくように言いながら夕斗がさらにじりじりと近づいてきて、和葉は無意識にあとずさる。

「死体…、どうしたらいいと思う…？　ねえ…？　庭に埋めたらわかんないかなあ…？」

夕斗が真剣な表情で、しかしどこか焦点の合っていない目で尋ねてくる。

が、そんなことを殺される本人に聞かれても答えようがない。

夕斗自身、混乱も錯乱もしているのだろう。

だが、だからこそ、恐い。まともな理性が働いている状態ではない。

口の中がカラカラに渇いていくのがわかる。

震える手で和葉はポケットに手を入れ、夢中で携帯をとり出した。

「このやろう…！」

和葉のその動きに、一瞬、生気がもどったように夕斗の目が鋭く光る。そしてものすごい勢いでつかみかかってくるのを、和葉はとっさにかわした。

「バカ…っ！　成親っ！」

思わず、そんな罵声《ばせい》が口をついて飛び出す。

完全な八つ当たりでしかない、とわかっていた。

固く携帯を握りしめた指は震え、一一〇を押すことすらまともにできない。

「よこせよっ！」

獣のようなうなり声とともに夕斗の手が、和葉の肩をつかむ。

「離せっ！」

おたがいの手が携帯の奪い合いになり、しかしここで離したら和葉も終わりだった。

夕斗の爪が手の甲をかきむしるのにもかまわず、死にものぐるいで携帯をつかんだまま、相手の腹を蹴るようにして突き放した――と思った瞬間、その反動で自分が背中から倒れてしまう。

「う…っ！」

グランドピアノの角に背中を打ちつけ、そのままずるりと床へ崩れ落ちた。

頭の芯《しん》が、ぼぉん…、と濁った音を立てる。

が、その時、携帯を握りしめたままだった指がリダイヤルか何かのボタンを押したらしく、どこかの番号が表示された。

相手もわからないまま、和葉はとっさに発信する。

「よこせって言ってるだろっ！」

それとほとんど同時だった。

馬乗りになるように襲いかかってきた夕斗が、携帯を持った和葉の手をものすごい勢いではたきつける。

あっ…、と思った時には、それは絨毯を転がり、手の届かないむこうへ跳ね飛ばされていた。

「くそっ！　あんたが悪いんだよっ！　あんたがっ！」

自分を見下ろす眼差しには、怒りと不安と恐れが入り乱れている。

大きく叫んで、夕斗が和葉の首を両手で絞めつけた。

「ぐ…っ……う……」

和葉も夢中でその腕を引きはがそうとするが、まともに力が入らない。

一瞬、気が遠くなる。

――と、その時だった。

和葉の耳に、覚えのあるメロディが遠くで、ほんのかすかに聞こえてくる。

……この……曲……？

なかば薄れかけた意識の中で、たぐりよせるように記憶を探る。

……成親……？

思い出したとたん、夕斗の耳にもそのメロディが届いたのか、ハッ…と上体を起こした。怯《おび》えたような表情で、きょろきょろとあたりを見まわす。

わずかに首を絞める力が緩み、和葉は激しく咳《せ》きこんだ。

それと同時に、バンバンバンバンバン…ッ！　とすさまじい勢いでガラスがたたかれる音がリビングに響き渡った。

「あ……」

和葉にのしかかったままの夕斗が庭の方を凝視し、その表情がみるみる強張っていく。

しかしピアノが邪魔になって、和葉にはその様子が見えなかった。呼吸をとりもどすことに精いっぱいで、それどころではない。

と、いきなり、ガシャン…！　と派手にガラスの割れる大音響がし、それと一緒に、あの曲がひときわ大きくリビングに鳴り響いた。

今のこの状況では、あからさまに浮きまくるような、明るくテンポのよいメロディが。

あっ…、と和葉は大きく目を見張った。

——この曲……。

この曲を持っているのは、今、世界中でただ一人のはずだ。

「なる…成親……っ！」

泣きそうになりながら、喉が裂けるような勢いで、和葉は大声で叫んだ。

「和葉っ!?」

声が——聞こえる。

よく知っている男の声が。

夕斗がよろけるように和葉の上から立ち上がった。

「なん…っ、なんで……っ？　なんだよ…っ、おまえ…っ！　——畜生っ！」

まるで子供みたいに泣き叫びながら、ふらつく足どりで後ろ向きに廊下の方へと逃げていく。

「待てっ！」

「おい、逃がすなよっ」

何人かの知らない男の声が重なり合い、ドタドタと土足でリビングへ入りこんでくる乱雑な足音——。

「和葉っ！　おい、和葉！　大丈夫かっ!?」

そんな声とともに、見たこともないような恐ろしい顔で成親がピアノの陰から現れる。

膝《ひざ》をついて、ただ呆然《ぼうぜん》と男を見上げた和葉の上半身を抱き起こし、ぎゅっとものすごい力で抱きしめられる。

震える身体を縮めるようにして、ぎゅっと男の腕にしがみつく。声を上げて泣き叫びそうになった。

その腕の中でようやく、和葉は目を閉じた。

「なる…ちか……」

「おい！　押さえたのかっ！」

和葉を抱えたまま、頭の上で成親が厳しい声を出す。

いつになくピシリとハリがあって、まるで別人のようだった。

「ええっと…、二十二時三十七分、殺人未遂の現行犯逮捕です！」

廊下の方からそれに応《こた》えた若い声は、和葉も聞き覚えがあった。

「ちくしょうっ！　離せよっ、くそっ！」

それに重なるようにして、夕斗の泣き叫ぶような声も聞こえてくる。

しかしそれもだんだんと遠ざかって、和葉はようやくホッ…と身体の力を抜いた。

「ひどいな…」

成親がぐったりとした和葉の顎を持ち上げて、難しい顔で喉のあたりを眺めている。指先が
そっと首筋を撫《な》でた。

そこはヒリヒリとまだ痛み、絞められたあとはどうやら痣《あざ》にでもなっているようだ。

が、それよりも、まだあの曲が成親のスーツのポケットで鳴りっぱなしなのが気になる。

「それ……？」

和葉が指さすと、ああ…、と成親がポケットに手をつっこんで自分の携帯をとり出した。

ピッ…、とボタンを押すと、ようやくその着メロがやむ。

「いいな、この曲。刑事物のテーマに使えるぞ？」

にやっと成親が笑った。

和葉は電話がかかってくることはあるが、自分からかけることはほとんどない。

最後にかけたのは、この曲を成親の携帯に入れてチェックした時の、成親の番号だったのだ。

そして、ハァ…、と成親が大きなため息をつき、がしがしと髪をかいた。

「まったく無鉄砲がすぎるな…、ご主人様？　あんまりあせらすなよ」

「おまえ……」

和葉も緊張が切れ、安心したのと同時に猛烈な怒りがこみ上げてくる。

おそらくは、かなり理不尽な。

気がつくと、和葉は拳で思いきり男の顎を殴り飛ばしていた。

本当に、恐かったのだ。思い出しただけで、また身体が震えてくる。

「――てっ…！」

いきなりのことに対処できなかったらしく、片手で殴られた頬を押さえ、成親が大きく身体をのけぞらせる。

「かっ…管理官っ！」

と、その背中からあせったような高い声が上がった。

ん？　と和葉が顔を上げると、あの男が和葉と成親とを見比べるようにして、おろおろとした様子で立ちつくしていた。

和葉のあとをつけまわしていた童顔の男だ。

――そう、彼は成親の部下だった。

今日の夕方、この男を追いかけて捕まえた和葉は、全部、しゃべらせたのだ。

いや、全部かどうかはわからないが、彼は和葉を見張っているとか、つきまとっているわけではなく、警護をしていたらしい。

つまり彼は本庁の刑事で、成親はその上司だと…、初めて知った。

そして、夕斗の起こしたひき逃げ事件を調べていたのだと。

「おまえな…」

成親が頬をさすりながらぶつぶつとうめく。

それでも殴られた理由はわかっているのだろう。

……和葉自身は、殴った理由が実は、はっきりとわかっていなかったのだが。

ただ無性に殴りたくなっただけで。

だがその理由は、ゆっくりと考えるとたくさんあるはずだった。

助けにくるのが遅かったこととか、ウソをついたこととか。

「あっ、あの…、これ、弓削さんのですよね……？」

「ああ…、ありがとう」

その部下がおずおずと差し出した携帯を、和葉はため息をつきながら受けとった。

「一応、病院へ行くか？」

ようやく立ち上がってから成親に尋ねられ、和葉は無意識に自分の手で喉元に触れて、首をふった。

まだ痛みはあるが、それほどではない。

――それより。

「どうして……ここにいるのがわかったんだ？」

尋ねた和葉に、成親が肩をすくめるようにして答えた。

「おまえの携帯、ＧＰＳ機能がついてるし。そうでなくてもコイツをしめ上げて吐かせたんだろ？　天坂《あまさか》夕斗に近づいてることくらい、想像はつくさ…」

親指で部下を指し、指された男は悄然《しょうぜん》と肩をすぼめてうつむいた。

「……ああ、送るからちょっと待ってろ」

そしてそう言いおくと、成親はせかせかと他の部下――だろうか？　成親より明らかに年上の男たちだが――に指示を出しに行く。

リビングや庭にもすでに数人いたが、夜更けの閑静な住宅街に不穏なサイレンの音を響かせながら、また新たに何人かが到着したようだ。野次馬《やじうま》っぽいざわめきもかすかに聞こえてくる。

「成親さん、すごい心配してましたよ？」

その背中を見ながら、こそっと男が和葉の耳元でささやいた。

「すごいピリピリしてて…、俺、殺されるかと思いましたよ。よかった。弓削さんが無事で」

ふー…、と肩で大きく息をつく。

「成親って…、結構、偉いのか？」

「ああ…、ええ。管理官ですから」

ちょっと首をかしげて尋ねた和葉に、男が答えた。

「管理官？」

「成親さん、キャリアですもん」

「……キャリアだ…？」

思わずしかめ面をして、和葉は喉の奥でうなってしまった。

——あのやろう……。どのツラ下げて……。

何が失業中だ。

「え、えーと…？」

急に不機嫌になった和葉に、男がとまどったように首を縮める。

「あいつ…、協調性とかろくにないだろ?」

そうでなければ、和葉のところになど転がりこむはずはない。キャリアのくせに。

この男は、さしずめ成親の連絡係だったのだろうか。

「ま、まぁ…、確かにちょっと、変わってますけどね…」

思いついたように尋ねた和葉に、さすがに部下の立場からすればあからさまに評価はできないようだ。

察してください、という表情で、へへへ…、と男が笑った。

と、成親が庭からもどってきた。土足、そのままだ。まあ、今さらだろう。

「あと、よろしくな。天坂の事情聴取、チカさんに頼んどいたから。とりあえず殺人未遂で、ひき逃げの件も。……ああ、両親にも至急連絡をとってくれ。家をこのままにしとくわけにもいかねぇしな…」

ざっとあたりを見まわして成親がため息をつく。

「父親は旅行中で、母親はロケだって言ってたけど」

思い出して口を挟んだ和葉に、成親がうなずいた。

「事務所に聞きゃ、行き先もわかるかな」

「マスコミが騒ぎますねぇ…」

はい、と答えてから、やれやれ…、というように男が頭をかく。そして小さく笑った。

「課長がはりきりそうですね」

「はりきらせとけよ」

軽く流して、成親が和葉の腕を軽く引いた。視線で、行こう、と合図してくる。

「すぐにマスコミが集まってくる。その前にずらかろう」

言われてみれば、自分も芸能人の端くれなのかもしれない。

「お疲れさまでしたっ」

元気よく軽く頭を下げた男に見送られ、それに気づいたらしい数人からも、軽く目礼される中、和葉たちは門の前に連なっていた車の一台に乗りこんだ。

覆面パトなのか、私用車なのか。ありふれたセダンタイプ。運転は成親がするらしい。

大通りへ抜けたところで、テレビ局のロゴが入った数台のワゴン車とすれ違い、どうやら早くも嗅《か》ぎつけてきたようだ。

「……それで？」

むっつりと腕を組んだまま黙りこんでいた和葉だったが、最初の信号待ちでようやく口を開いた。

「洗いざらい説明してもらおうか？　創《そう》もグルなんだろう？」

じっとすわった目で男をにらみながら、和葉は尋ねた。

「どうしてわかった？」

ちらっと和葉を横目にして、成親がちょっと驚いたように聞く。

「だいたい最初からおかしかったんだよ。創があんなふうに俺を散歩に行かせたのも」

そう…、十年ぶりの偶然の再会は、仕組まれたものだったのだ。あんなふうに、成親が和葉のところに転がりこんできたのも。

まいったな…、というように、成親が指先で頬をかく。

「まあ…、だいたいわかってるとは思うが。……そうだな」

言葉を考えるような、わずかな沈黙。

「もともとはひき逃げの捜査だった。目撃証言で、犯人の乗ってたのが黄色のランボルギーニガヤルドってクソ派手な車だったから、都内の所有者の洗い出しはさほど難しくはなかったわけだ。で、天坂夕斗の名前はすぐに浮かんだ。名義が別だったんで、その分、ちょっと時間を食ったけどな」

信号が青に変わり、ゆっくりとスタートさせながら、落ち着いた声で成親が話し始めた。

「が、あっという間に天坂は車を処分してやがった。それで周辺をあたっている最中に喜多見と会った」

和葉はわずかに眉をよせる。

と、成親がふいにため息をついた。

「……あの時はホントに驚いたよ。おまえがまだ、喜多見とつきあってるとは思わなかったしな……」

「だから創とは腐れ縁ていうか…」

うめくような成親の言葉に、和葉はあきれたのと、話の腰を折られたいらだちでうんざりと息を吐く。

「喜多見亨《とおる》ってミュージシャン、知ってるだろ？　俺の伯父なんだよ。創はその息子。創とは従兄弟《いとこ》なんだって。だからこの業界の仕事をしてんだろっ」

思わず怒鳴りつけるような勢いで言っていた。

「……あぁ？　聞いてねぇぞ、そんなこと」

思わず、というように成親がこっちを向く。

脇見《わきみ》運転だ。警察のくせに。

「わざと言わなかったな…、あのやろう」

そしてぶつぶつとうめいて、剣呑《けんのん》に眉をよせた。

多分、そうなのだろう。喜多見の性格からすれば。

そして、ふん…、と成親が鼻を鳴らした。

「……ま、あいつが手ぇつけてたら、おまえがあんなに初々しいワケないよな……」

「なっ…」

納得したようにうなずかれ、和葉は頬が熱くなるのを感じる。

「そんな話じゃないだろ！」

噛みつくように叫んだ和葉に、ようやく成親が話をもどした。

「……あー、だからつまり、喜多見からおかしな情報をもらったんだよ。その事件の日、おまえは現場の近くまで買い物に出ていた。ひき逃げを目撃してるわけじゃないみたいだが、なぜかここしばらく、やたらと天坂がおまえに接触してきている。おまけに、もしかすると命を狙われているかもしれない」

「命を？　俺が？」

えっ？　とさすがに驚いて、和葉は目を見開いた。

「駅の階段から突き落とされたりとか、酔っぱらいの車にひかれそうになったりとかしたんだろ？　こないだのデパートでも」

「え…、でもそれは……」

ちろり、と横目で言われて、和葉はとまどう。

事実を並べられれば、確かにそういうこともあったが、あれは単なる事故だろう、と思っていたのだ。

突き落とされた、というのは肘か何かがあたったんだろうし、酔っぱらいは…、まあ腹は立つし、危険だがわざわざ自分を狙ってとは想像もしていなかった。

「おまえ、本当にとろいからさ…」

かすかに笑うように言われて、思わずムッとしたが、確かに命を狙われていたということに気がついていなかったという事実は、自分でもちょっと情けない。

「だったら教えてくれればいいだろ！　その上で警告するのが普通じゃないのかっ？」

さすがにわめいた和葉に、成親はあっさりと肩をすくめた。

「確証があるわけじゃなかったし。気がついてないんなら、むやみに恐がらせることもないだろうしさ…。おまえの仕事に影響してもまずいし」

「それで…、創とヘタな芝居を打って、ああいうまわりくどいやり方で俺のところに転がりこんできたわけだな？」

……多分、和葉の身辺を守るために。

が、夕斗が近づいてきたらしっぽをつかむつもりでもあったのだろう。

ていのいい囮《おとり》、だ。

むすっと確認した和葉に、まぁな…、と成親が認める。

「何が求職中だ…」

「別にウソはついてないけどな。俺、おまえのとこにいた間は休暇をとってたし。だから、『休職中』だって言っただろ？」

ぶつぶつとうめいた和葉に、とぼけたように成親が答える。

「ほざけっ」

……が、そんなふうにごまかされていたのかと思うと、余計にむかつく。

「でも俺、ひき逃げについては何も見てないけどな……？」

それでどうして夕斗が自分を狙ったのかがわからない。

「むこうはおまえを見かけたのかもしれない。で、おまえに見られたと思っていたんじゃないのか？」

成親はそう説明したが…、しかしそんな曖昧《あいまい》なこととも思えなかった。

――それにあのチターは……？

「車の件で聞き込みに行った時、天坂はアリバイを主張したんだよ。バックバンドの一人とスタジオで一緒だった、ってな。多分、金で買ったアリバイなんだろうが…、その相手からも言質はとれなくてな。車の処分の速さからしても間違いはなかったが、決め手がなかった。車は盗まれてて、いつの間にか帰ってきてたのが薄気味悪くて処分した、とかほざいてたしな…」

その成親の言葉に、あっ、とようやく和葉の中でつながった。

「そうか…、あのチター、夕斗がとりに行ったのか…」

「チター？」

成親が首をかしげて聞き返してくる。

「ひき逃げの直前、夕斗は現場近くの骨董屋でチターを受けとってるんだよ。多分、買ったのは父親だろうけど。もしそれが証言されれば、アリバイは成立しなくなるだろう？」

なるほど…、と成親が大きくうなずいた。

「おまえがテレビのインタビューで言ってたチターだな…」

さすがに察しがいい。

夕斗もそれを見ていたのかもしれない。骨董屋のオヤジは、チターをとりに来た夕斗とひき逃げとをあえて結びつけることはないだろう。

が、和葉はどうか?

あのチターは楽器というよりアンティークだ。とりおきを頼んでいたのなら当然、名前は名乗っているはずだった。夕斗にせよ、父親の名前にせよ。その時点では偽名を使う必要もない。

チターを欲しがっていた和葉は、骨董屋からそれを聞いているのかもしれない。

……いや、夕斗から和葉に近づいてきたということは、やはりあの時、夕斗の方は和葉の姿を見かけていたのだろう。

ひき逃げ車両が派手な黄色のランボルギーニだということは、ニュースでも流れている。和葉がそれと夕斗とを結びつければ、あっさりと夕斗のアリバイは崩れることになる……。

どうやら、そういうことだったらしい。

若手の人気俳優で、ロック・ミュージシャン――だが、ひき逃げが発覚すれば一気に犯罪者だ。

ふぅ…、と和葉はため息をついた。

──事件の概要はわかったが。

事件が解決したのなら、それはそれでいい。めでたいことだ。

……だが。

「そういえばおまえ、天下のキャリア組だそうじゃないか？」

あからさまにねちっこく、嫌みたらしい口調で和葉は言った。

「……といっても主流じゃないけどな。東大じゃねぇし」

成親はあっさり肩をすくめる。

よくわからないが、キャリアにもいろいろと派閥があるのだろうか。

「そんな立場の人間が、人身売買に関わるというのはどうなんだ？」

買ったのは自分だが、成親の方だって──そう、売春、になるはずだ。

「金銭の授受はない」

和葉の指摘に、すかして成親が答弁する。

助手席のウィンドウに流れていく街明りを眺めながら、和葉はポツリとつぶやくように尋ねた。

「おまえ…、あそこで会う前から俺のこと、知ってたのか……？」

少しは…、卒業したあとも気にしていてくれたのだろうか？

そんな切ないような思いが、胸の奥からこみ上げてくる。

「そりゃ知ってたさ」

成親はあっさりと答えた。

「おまえの手がけたアルバム、全部持ってるぜ？」

「ふーん…」

そんな言葉はうれしかったが、ちょっと頬が熱くなって、和葉はぶっきらぼうになっただけだった。

「おまえ、三曲だけ、作詞もしてるだろ？」

「ああ…」

一つは曲を提供したバンドのデビューシングルで、あとの二つはそれを含むアルバムに入っている。

「放課後の音楽室」

短く、歌うように言った成親の言葉に、ようやく和葉は思い出す。

そのタイトルで書いた、自分の恥ずかしい歌詞の内容を。

「おまえ…！」

思わず運転席の男の横顔をにらんだ。顔が次第に赤らんでくるのが自分でもわかる。

「放課後の〜音楽室が〜二人の〜場所だった〜　卒業式の〜涙の中に〜初めて………」

「言うなっ！　歌うなっ！　壊滅的な音痴のくせにっ！」

危ない歌詞のパートに入りかけて、あわてて和葉は叫んだ。もうゆでダコも裸足《はだし》で逃げ出すくらい、全身が真っ赤になっている。

「……ひでぇな……」

ギアを切り替えながら、不服そうに成親がうめく。

それでも楽しそうにつけ足した。

「あの時奪われたモノは返してもらわねぇとなぁ…。あぁ、もちろん十年分の利子をつけて、きっちりとな」

——最初に奪ったのはおまえのくせに……っ！

あの時は、それを返してもらっただけだっ、と言い返すこともできるはずだった。

が、それを口にするのはさらに恥ずかしい気がして。

返して——もらいたかったのだ、と言っているみたいで。

和葉は赤い顔のままで唇を噛んで黙りこんだ。

あの時、成親は気がついていたのだ——。


和葉のマンションへ帰り着いて、当然のように成親もついてくる。

「おお…、ほんの何日ぶりだけどずいぶん懐かしいな。……それにちょっぴり薄汚れてる気もするぞ」

言いながら成親は姑《しゅうとめ》みたいに靴箱の上の埃を指ですくいとり、ふっ、と吹き飛ばす。

「うるさいなっ」

憤然とわめいて、和葉はどしどしと中へ入っていく。

と、聞き覚えのあるテクノな「森のくまさん」が成親のポケットで鳴り出した。

「はい、成親。……ああ、ユリ」

その名前に、和葉は思わずふり返る。

「両親と連絡とれたか？　……母親とだけか。まあ、いいだろ。……だからそういうことは課長に言えよ。俺、今休暇中だって……だからそんなことで電話すんなって言ってるだろっっ！」

ピキッ、と切れたように成親が携帯に向かって怒鳴りつける。

たたきつけるように電話を切り、チッ…、と成親が凶悪な顔で舌を打った。

「まったく、休暇中でも電源を切っとけないのが問題だよな…」

やはり、何か突発的な事件が起こらないとも限らないからだろう。

それよりも、通話が切れる寸前、携帯のむこうから聞こえてきた「勘弁してくださいよー」という悲鳴のような声に、どうやら聞き覚えがある気がする。

「ユリって…？」

「おまえがしめ上げた俺の部下だよ。由利彰広《ゆりあきひろ》。まだホントに新人でなー。使えねぇんだよなぁ…、これがまた」

やれやれ…、と頭をかきながらため息をついた成親に、和葉は思わず目を見張った。

「名字……だったのか……」

和葉は思わず、気が抜けたようにつぶやいてしまう。

「なんだ…、女だと思ってたのか？」

鋭く気がついたらしく、成親が顎を撫でてにやりと笑った。

「それで妬《や》いてたって？　……ああ、だから怒って俺を追い出したのか」

「違うっ」

動揺して反射的に言い返すが、成親は勝手に得心したように、にまにまとうなずくだけだ。

和葉もそれ以上、何か言うとボケツを掘りそうなので、腹立たしくも口をつぐむ。

「……ほら、ちょっとよく見せてみろ」

とりあえず着替えに寝室へ入った和葉は、上着を脱いだところで成親に呼ばれ、枕元の読書灯の下にすわらされた。

「取調室で事情聴取されてるみたいだな…」

自分の顔に明々とライトが照らされて、和葉は思わずうめいた。

が、そんな軽口にも乗らず、成親がそっと指先で和葉の喉元をチェックしている。

夕斗に絞められたところだ。

ふぅ…、と成親が深いため息をついた。

「悪かったな…。もっと早く…、行ければよかった」

うなるようなそんな言葉に、和葉は横を向いたままうめくように言った。

「……まったくだな」

自分でも可愛くない、とは思うが、……全部、この男が悪いのだ。

成親がそっと笑って、指先が和葉の前髪を撫でる。

「もう一回…、チャンスをくれるか？」

静かに聞かれて、和葉は首をかしげた。

「何の？」

「おまえを満足させられたら…、ここにいてもいいんだろ…？」

両手で和葉の頬をすくい上げるように包んだまま、かすれた声で耳元にささやかれて、和葉はぎゅっと胸がつかまれるように息苦しくなる。

「なんでもリクエスト、お応えするし？　あ、トッカータとフーガ以外で」

そんな言葉に、和葉は思わず吐息で笑ってしまった。

そしてちょっと考えて、どこかくすぐったいような思いで男を見上げる。

「そうだな…。ラップで愛を告白したら考えてやる」

「……それ、ハードル高すぎだって、先生」

がっくりと成親が肩を落とす。

むーっ…、とうなりながら床に崩れるように足を折り、ベッドにすわる和葉の膝にワンコみたいに両手をかける。

薄闇《うすやみ》の中で、まっすぐな目が見上げてきた。

「ソフトタッチと超絶技巧に磨きをかけるからさ…」

成親の手がゆっくりと和葉の足をたどり、内腿《うちもも》のあたりで止まる。

その感触に、和葉は思わず息をつめた。

「警察のくせに…。俺の時間に合わせられるのか……？」

和葉はそっと手を伸ばし、男の前髪に触れた。ぎゅっと、引きつかむようにして指でつかむ。

「大丈夫。俺、一応、管理職だから」

抵抗せず、和葉にされるままにしながら、成親がにっと笑う。

――ウソつけ…。

と、和葉は内心でつぶやいた。

きっと何かあったら自分で手を出したがるくせに。

そうでなければ…、ひき逃げ事件の現場なんかに出て行くはずはない。

そして、喜多見と再会することもなかっただろう。

……自分と会うことも。

だいたい…、卑怯なのだ。

和葉が一億数千人の中からこの男を捜すことなどできない。だが成親は、やろうと思えば簡単だったはずだ。

この十年で——和葉の名前は、とりあえず世に出た。

そうでなくても、警察の人間のくせに。

そう思うと、だんだんと腹が立ってくる。

「やってみろよ…」

唇をなめ、和葉は男をにらみつけるようにして言った。

「一度でも手を抜いたら…、たたき出すからな」

その言葉に成親がわずかに目を見開き、そしてにやりと笑った。

「もの足りなかったら……、全裸で蹴り出してやる。公衆猥褻《わいせつ》で捕まってしまえ」

「恐いな…」

クッ…、と成親が喉を鳴らす。

「大丈夫だ。練習曲《エチュード》はもう卒業してる」

ささやくように言いながら男の手がそっと伸びてきて、ズボンのボタンを外し、ツーッ…と、ジッパーを引き下ろす。

薄闇に溶けるようなかすかなその音が次を予感させて、和葉は思わず息を吸いこむ。

わずかに強く、膝が開かれて。

成親がその間に身体をねじこませ、男の手が下着の中から自分のモノを引き出す。

「ん…っ」

次の瞬間、和葉の中心が熱く濡《ぬ》れた中に包みこまれた。

奥まで導かれ、口の中で何度もしごき上げられて。熱い舌がからみつき、丹念にしゃぶり上げられる。

「あ…っ…、んん…っ！」

和葉は夢中で男の髪をつかみ、身体を大きくのけぞらせた。

舌を弾《はじ》くような濡れた音が、恥ずかしく耳につく。

男の舌に煽《あお》られ、あっという間に自分のモノが硬く反り返っているのがわかった。筋に沿って何度もなめ上げられ、先端が吸い上げられて、たまらず腰を揺らす。

「あ…、は……」

ようやく口が離され、和葉は大きくあえいだ。

唾液《だえき》に濡れて小刻みに震えているモノをからかうように指でなぞりながら、成親がようやく顔を上げた。

じっと自分を見つめる目が欲情に濡れていて。ゾクリ…、と肌を震わせる。

大きな手のひらが頬を撫で、キス——が与えられる。

目を閉じてそれを味わった和葉からいったん男の身体が離れ、すぐそばで布のこすれ合う音がする。

服を…、脱ぎ捨てているのだろう。目で見ていなくても、その音だけでドキドキとする。

「和葉…」

吐息だけで熱っぽく名前が呼ばれ、大きな腕に背中から抱きこまれる。

「おまえの望むように…、弾いてやるから」

顎がとられ、唇が奪われる。

「ん…、んん……っ」

たっぷりと舌が味わわれ、それだけで頭の中がジン…、と痺《しび》れるように濁った。

しばらくしてようやく唇が離れ、息をついて、和葉はゆっくりと目を開ける。

間近からのぞきこむ男の眼差しを受け止めて、意地悪く言った。

「……難易度が高いぞ?」

「できるさ」

不遜《ふそん》な眼差しがまっすぐに見つめてくる。そして指先で和葉の顎を持ち上げて、頬をすりよせる。耳の中に舌が差し入れられ、ささやくような声が落とされる。

「和葉は俺の一番得意な曲だからな」

「言ってろ…っ」

かすれた声で吐き出した和葉の唇を、にやりと笑った男の指がそっと撫でた。

固い指先がそっとうなじのあたりに触れ、さらに下の肩胛骨《けんこう》のあたりを撫でながら体重をかけられて、和葉は背中をシーツにつける。

「ん……」

喉元から鎖骨を優しく手のひらが撫で、そのあとを追うように唇が這《は》わされる。

指先が小さな突起を見つけ出し、確かめるように二、三度いじられただけで、それはあっという間に固く芯を立てていた。

「あ…っ」

きつくひねり上げられ、和葉は思わず胸を反らせる。

「このくらいの強さがお好みか…？」

からかうように聞かれて、和葉は思わず男をにらんだ。

「黙って…、さっさとしろ…っ！」

成親が低く笑って、舌先が小さな粒を弾くようにしてなぶり、そのあとでたっぷりと唾液をからめるようにしてなめ上げる。

「ふ……、あ…ん……っ」

濡れて敏感になったところをさらに指で執拗《しつよう》に摘み上げられ、ジンジン…と沁《し》みこむような刺激に和葉はたまらず身体をよじる。

下肢に熱が集まり、すでに口で愛撫《あいぶ》を受けていた中心が再び頭をもたげ始めて、和葉は無意識に足を閉じようとする。

が、それに気づいた男の手が、素早く膝を押さえこんだ。

そのまま折り曲げられ、男の目の前に下肢が恥ずかしくさらされる。

「や…っ！」

和葉は思わず口走って、両腕で顔を覆った。

自分の嬌態《きょうたい》に注がれる男の視線が恥ずかしく、……うれしい。

しかし固く反り返ったモノには触れず、成親はその奥の細い道をたどるようにしてさらに深く舌先で探っていった。

「……あ……、んっ……、あぁぁ……っ」

わずかに腰が浮かされ、一番奥の隠された入り口が強引な指にこじ開けられる。

「——やぁ……っ！」

和葉は思わず腰を跳ね上げたが、わずかに浮かされたまま強い力で押さえこまれ、がっちりと固定されてしまった。

密《ひそ》やかに濡れた音がいやらしく耳につく。くすぐるようなやわらかい感触が、その部分をくり返しなぶってくる。

固いすぼまりが執拗《しつよう》な舌先の愛撫に溶かされ、だんだんと陥落していくのがわかる。唾液を絡めた指がやわらかく潤んだ入り口をかきまわし、淫《みだ》らな襞《ひだ》が男の指をくわえこもうと恥ずかしく絡みついていく。

それを押し開くようにして中がえぐられ、和葉の腰は無意識にぎゅっとその指を締めつけてしまう。

「可愛いな…」

成親が低く笑い、その抵抗を楽しむように抜き差しすると、……もうダメだった。

「あぁ…っ、あぁっ、あぁぁ……っ」

腰が揺れ、夢中で男の指を味わう。

触れられてもいないのに、前は大きく膨らみ、先端からは蜜《みつ》がこぼれ始める。

「なる…ちか…っ、……成親…っ、も…、おねが……！」

シーツを引きつかんだまま、こらえきれず和葉はせがみ、ようやく成親がもう片方の手で和葉の前を慰めてくれた。

手の中に包みこみ、強弱をつけて何度もしごき上げる。巧みな指遣いで浮き出した筋をなぞり、敏感な部分をこすり上げていく。

先端を指の腹でもまれて、滴《したた》る蜜をさらに茎に塗りこめられて。

「あぁ…っ、あ……、い…い……っ！」

前後に指で与えられる快感に、和葉は溺《おぼ》れていた。

「和葉…。もっと…、よくしてやる」

以前ならこのままいかせてくれたのに、優しげなそんな言葉とともに、今日は途中で両手が離される。

「なっ…、――あぁぁっ……！」

あせって思わず目を開けた和葉は、いきなり両腕が引きよせられ、そのまま身体が持ち上げられた。

バランスが悪く、とっさに男の肩に両腕をまわして身体を支える。

気がつくと、正面から男に抱きかかえられる形で男の腰の上にすわりこんでいた。

したことのない恥ずかしい格好に、和葉は涙目で男をにらむ。

しかし成親は吐息で笑っただけだった。和葉の前髪をかき上げ、額にキスを落とす。

「飽きられると困るからな…。バリエーションをつけないと」

勝手なことを言いながら、そのまま背筋をたどった指が、腰の窪《くぼ》みから谷間へと入りこんでくる。

「指より…、もっと欲しいモノがあるだろ…？」

耳元で誘うようにささやきながら、指先で溶かされた襞がいじられて。さっき中途半端におかれた部分が、じくじくと疼《うず》き始める。

「腰を上げてみろ」

男にうながされ、和葉はどうしようもなく腰を浮かせた。

やわらかく潤んだ部分に固い切っ先が押しあてられ、思わず息を呑む。

「和葉の好きにしていいぞ…？」

意地悪くそんなふうに言われて。

和葉は頬を熱くしたまま、男の背中に容赦なく爪を立てる。

「——つっ…、凶暴なネコだな……」

成親が一瞬、顔をしかめた。

「欲しくないのか…？」

しかし、憎たらしい眼差しに聞かれて。

どうしようもなく、和葉は目を閉じてゆっくりと腰を落としていった。

「あぁ…っ、あ……」

じわじわと背筋を貫いていく痛みがすぐさま恍惚《こうこつ》とした快感にすり替わり、身体中に広がっていく。

「あ…ん…っ、あぁ……っ、いい……いい…っ…！」

もう何も考えられず、和葉は男の首にしがみついたまま、何度も自分から腰をふり立てた。

「和葉…。今…、おまえの頭の中ではどんな曲が流れてる…?」

そんな恥ずかしい自分の姿がじっと見つめられ、喉で笑うように聞かれて、和葉は涙のにじみ出した目で男をにらんだ。

「愛してる、……だろ?」

その声が。言葉が、くり返し頭の中をめぐる。

身体中を満たしていく。

「なる…ちか……っ」

夢中で男の髪を引きよせ、肩口に顔をすりよせる。

背中から強く抱きしめられた。

唇が重なり、舌がからみ合い……、何度も飽きずにおたがいのものを求め合って。

静かな夜に、二人だけが知っている旋律が流れていた——。

作曲家の飼い犬

「……ん…っ…、あ……、あぁ……っ」

脇腹《わきばら》へ這《は》わせた指が、しっとりと肌に吸いつくようだった。

こみ上げてくる笑みをこらえながら、成親《なるちか》はそっと、内腿《うちもも》から探るようにして中心へと伸ばしていく。

焦《じ》らすように根元のあたりをくすぐり、するり…、と張りつめた中心を撫《な》でると、こらえきれないように和葉《かずは》が腰を揺らす。

とろっ…と先端からこぼれ落ちた蜜《みつ》が茎に滴《したた》り、成親の手を濡《ぬ》らしていく。

「もうベトベトだな…。まだなんにもしてねぇのに？」

喉《のど》の奥で笑いながら、そっと和葉の耳元にいやらしくささやくと、手のひらの下で肌がさらに体温を上げたようだった。

「うるさ……っ……——あぁ…っ…ん……っ！」

切迫した声が吐き出されると同時に、キュッと先端を指の腹でなぶってやると、和葉が腰を跳ね上げ、高い声を迸《ほとばし》らせる。

「いいから…っ、早く……しろ……っ！」

「早く、ねぇ…。芸術家のセンセイらしくもない、即物的なお言葉だな」

喉の奥で密《ひそ》やかに笑いながら、成親は指でスッ…と汗ばんだ和葉の背中をたどった。

高校の時の同級生だった、弓削《ゆげ》和葉と再会してふた月ほど——。

土曜の夜、八時もまわった頃になって、なんとか仕事の区切りを見つけ、成親は和葉のマンションを訪れていた。

今は作曲家などという華やかな仕事をしている和葉と、仕事がらみで再会したのは去年の秋の終わりだった。

偶然を装って、実は成親にとっては計画された再会だったわけだが、どうやらいまだに和葉は根に持っているらしい。が、そのあと、一応恋人らしい関係になって。

しかし、ちょうど年末のクリスマスだとか正月だとか、そんな恋人としては盛り上がるはずのイベントがあったにもかかわらず、ほとんど一緒に過ごす時間はなかった。

やはり「犯罪」も年末はラッシュなのか、警察官を職業にする成親はバタバタといそがしく、和葉はもともと、休みという休みのない仕事だ。

だが年も明けて二週間以上がたち、さすがに我慢も限界、だった。いつまでもほったらかしでは、和葉だってやっぱり不満だろう、と思う。意地っ張りなので、口に出して文句を言うことはなかったが。

いや、まあ、浮気の心配をしているわけではないが、和葉の交友関係——というか、和葉の属する業界が派手な分、やっぱり遊び慣れている連中も多く、声をかけられることも多いようだ。

多分、作曲家などというのは家にこもっての仕事だから、発散する場所もなく、いろいろと精神的にたまるのだろう、と想像はできる。……まあ、だからこそ、この前に再会した時、成親は「買って」もらえたわけだ。

それだけに、たまにはしっかり満足させないとな、と、今夜はがっつり、フルコースの態勢で来ていた。

だから、オードブルからじっくりと楽しみたい、というところではあるのだが。

「お…まえ…っ」

和葉の敏感なうなじのあたりを指先でなぶりながら、舌先でつっ…、と喉をなめ上げてやると、和葉がこらえきれないように腕を伸ばして、成親の髪をつかんでくる。

「余裕……ありすぎだろ…っ！　仕事じゃ……なくて……、遊んでたんじゃ…ないのか……っ」

荒い息をつきながら、和葉が涙目でにらみ上げてくる。

「まさか」

それにあっさりと言って、成親はさらに和葉の耳の中に舌を差し入れ、耳たぶを甘噛《あまが》みしてやる。

「あぁ…っ…ん……っ」

腕の中で、和葉が大きくのけぞった。

余裕——があるわけじゃない。ただ、和葉の悔しそうな顔が色っぽくて、可愛くて。

すがりついてくる指の力が愛《いと》おしくて。

本当に……和葉が自分の腕の中にいるのだ、ということが実感できる。

高校時代——放課後の音楽室で。

まるで奇跡のように、二人だけの、ぽっかりと外界から隔離されたような時間があった。

まともにしゃべることもないままに、和葉とはとても近くにいるような安心感があって……

だが実際には、まったく別の世界の人間だった。

そして何もないままに別れ——こんなふうに再会することなど、考えたこともなかった。

和葉の卒業後の消息は、もちろん、知っていた。だが成親にとって和葉は、常にテレビの中や活字で名前を見かける人間だったのだ。

「そういや、今日はまだリクエストを聞いてなかったな。最初はコンチネンタルタンゴみたいな激しいヤツで一発、いっとくか?」

ことさらのんびりとした口調で言いながら、タッタッタッ…、と成親は指先でリズムをとるように和葉の背筋をたたく。

「なんでもいい……から…っ…——は…ぁん……っ」

そのまま胸を撫で下ろした指で乳首に触れ、すでにピンと芯《しん》を立てた感触を楽しむようにきつく押しつぶして、指先でひねり上げると、こらえきれないように和葉が大きく身体をよじった。

「あとでダメ出しされても困るしなー。ウィンナーワルツみたいなゆっくりゆっくりじゃ、我慢できないだろ？　ん…？」

くすくすと笑いながら、そっと耳元でささやいてやる。

和葉の唇からつむがれるかすれたあえぎ声が、ゾクゾクと身体の奥から熱を押し上げてくる。

「今夜はフルオーケストラでたっぷり楽しませてやるよ、センセイ」

「あ…っ…」

キュッと、いくぶん強く前を握りこむと、和葉が腰を押しつけるようにしてうわずった声をこぼす。

「可愛いな…」

誘うように揺れた腰に、くっ…、と喉の奥で笑い、和葉の頬《ほお》を優しく撫でて、成親は身体を重ねていった。

下だけ、まだはいたままだった下着の薄い布越しに、すでに硬い自分のモノが和葉の腰にあたっている。

その感触に、和葉がわずかに息をつめた。そろそろと、無意識に受け入れるように膝《ひざ》が開いていく。

頬が緩むのを抑えられず、それでも成親は焦らすようにしてそれをこすりつけてやる。

「も……いいかげんに……っ」

「いいかげんに?」

涙目でうめいた和葉に意地悪くくり返し、それでも成親はいったん膝立ちになる。

そろそろ、自分としても限界だった。

そして邪魔なものを脱ごうとした——その時だ。

——ジャカジャカジャン…!　ジャカジャカジャン…!

いきなり、濃密な夜の空気をぶちこわすように派手な電子音が鳴り響いた。

聞き覚えのある、テクノ調の「森のくまさん」。成親の携帯だ。

一瞬、硬直するようにふたりの動きが止まった。

薄闇《うすやみ》の中、呆然《ぼうぜん》とおたがいの目が合う。

じっと見上げてくる和葉の眼差しに怒りがにじんでくるのが、成親にもわかった。

「マジかよ……」

思わず低くうなり、どうしようもなくカリカリと頭をかく。

ちろっ、と黙りこんだままの和葉を見下ろすと、のそのそとベッドを下りて、そばのアンティーク調のイスに引っかけていた上着のポケットから携帯をとり出した。

ちらっと相手を確認し、わずかに目をすがめてから開く。

「俺だ」

いくぶん厳しい声で応《こた》えながら、成親はベッドにもどると、ごめん、と言うように、片手を立ててみせた。

こんな時間だ。急用だ、と想像はつくのだろう。

それだけに、さらに和葉の表情が険悪になっていく。気の立ったネコみたいに、フーッ…、と大きく息を吸いこんだのがわかる。

これまでにも何度か、あったのだ。食事をして、これから——、という時に呼び出されるようなことが。

「どうした、こんな時間に？」

耳の中に響いてくる部下の声を聞きながら、ヤバイな…、と成親自身、感じていた。電話で指示してすむ話ではなさそうだ。

だから相手にそう尋ねながら、成親は肩に携帯を挟みこむと、片手で強引に和葉の膝を持ち上げた。

「おいっ…、おまえ、なに……っ」

あせって声を上げた和葉に、成親は、しーっ、と言うように、唇に指をあてる。聞こえるぞ——、とその指で携帯をさしてみせる。

そして、そのまま成親は和葉の中心に手を伸ばした。

「バカッ……なっ……、やめろ……っ」

硬くなっている和葉のモノを手の中で握りこみ、強弱をつけてこすり上げてやると、和葉ががくがくと腰を揺らす。かすれた声が唇からこぼれる。

あせったようにギュッと和葉は膝を閉じたが、それは成親の手を深く挟みこんだだけだった。

そんなところも可愛くて、成親は思わず、唇の端で笑ってしまう。

危ない、と悟ったのか、和葉があわてて枕《まくら》を引きよせて噛みついた。

「状況は？　職質だったのか？　……ああ、そうだな……」

説明する相手の声に落ち着いて応えながら、成親の手は今までと打って変わって、あっという間に和葉を追い上げていく。指先で先端をもみ、溢《あふ》れ出した蜜を塗りこめるようにして、さらにきつくしごいてやる。

「ん…っ…」

和葉が枕で声を殺したまま、こらえきれないように身をよじった。

「……いや、それはまずい。今動くとこっちの動きを悟られる危険もあるしな」

目の前で揺れる肢体《したい》に、身体の奥でふつふつと湧《わ》いてくる熱を必死にこらえる。

低く答えながら、さらに指の動きを速くした。

目の前の光景は扇情的だが、それでも耳の中に響く声に、思考は少し冷静に仕事モードへと切り替わっていく。

頭の中でいろんな事実と推測と判断がいっせいに駆けめぐる。だがその分、手の動きは的確に、和葉を追い上げていた。

成親はいったん和葉の前をなぶっていた手を離すと、もう片方の手へその役目を譲り渡す。そして濡れた指で、そのまま奥へと細い道筋をたどっていく。行き着いた窪《くぼ》みを、軽くなぞるようにして確かめた。

「……あ…っ……」

やわらかな襞《ひだ》をかきまわすようにすると、和葉が小さく息をつめる。

固くすぼまった入り口をもむようにほぐし、ようやく指を一本、奥へもぐりこませていく。

ぎゅっと締めつけられる抵抗を楽しむように、二、三度抜き差しをくり返し、さらに二本に増やした指で中を大きくかきまわしてやる。

「あぁ……っ！　ん……っ」

いくども出し入れし、同時に前をこすり上げてやると、枕を噛んでいた和葉の口が外れ、高い声がこぼれてしまう。

「……ああ、わかった。すぐに行くよ」

報告を聞き、やっぱり…、というあきらめとともに成親は答えた。

和葉の中は熱く、前もいっぱいに張りつめて、限界は近いようだった。

フィニッシュに向けて、中に入った指を大きくまわし、和葉の弱いポイントを探るように動かしてやる。

和葉は男の指を締めつけたまま、淫《みだ》らに色っぽく、腰をふり乱していた。

今夜はたっぷりと、しばらく会えなかった分もこの身体を味わうつもりだったのに。

「そうだな…、三十分くらいだろう。調書、とっとけ。……ああ、あとでな。——和葉、イッていいぞ」

ぷちっ、と電源を切ると同時だった。

「——っ……！」

敏感な先端を強くもみ、中を深く突き上げてやると、うながされるまま和葉は成親の手の中に弾《はじ》けさせていた。

どっ…、と和葉の全身から力が抜けていく。代わりに、ようやく枕を離した唇から唾液《だえき》とともに荒い息がこぼれ落ち、空気を震わせる。

片手をティッシュで拭《ぬぐ》いながら、ハァ…、と大きくため息をつき、成親はパチリ…、と携帯を閉じた。

「和葉——」

さすがに申し訳ない、とは思う。

が、成親が言葉にする前に、キッ…、ときつい目で和葉がにらみ上げてくる。

「おま…、おまえ……っ！　片手間にするっていうのはどういうつもりだよ…っ」

「仕方ないだろ。由利《ゆり》からなら呼び出しに決まってたしな…」

由利というのは、和葉も知っている成親の部下だ。

うめくように言いながら、のろのろと成親はベッドを下りた。

「自分の欲望を抑えて、せめておまえだけでも、って俺の誠意をくみとってほしいモンだが?」

ガックリきているのはこっちの方だ、と思う。

ともあれ、和葉は最後までいけたわけだし。かわいそうな自分の方は、これから職場へもどるまでになんとかなだめなければならないのだ。

が、さらに和葉は噛みついてきた。

「むこうに聞こえてたらどうするんだよっ！　……ていうか、聞こえてるだろっ！」

薄闇の中でもほのかに赤い顔でわめく。

確かに、相手はわからないにしても、何かあやしげなことをしている気配は届いていたかもしれない。が。

「由利は知ってるし。今さらだろ」

例の事件のあと、めずらしく鋭く探りを入れてきた由利に、成親はあっさりと自分たちの関係を教えていた。

何が何でも隠したい、という気持ちはない。上司やまわりに言いふらそうというつもりもないが（自慢したい気もしないではないが…）、由利くらい知っていれば、いろいろと便利な気もしたのだ。

「そういう問題じゃないだろ！　おまえはデリカシーがなさ過ぎるんだよっ！」

ベッドの上に身を起こしてわめいた和葉にかまわず、成親は手早く服を身につけ始めていた。

「じゃおまえ、俺が出たあと一人で抜くのか？　それも寂しいだろうと思ってさ」

……いや、自分を思って和葉が悶々《もんもん》と一人でするのを想像するのも……それはそれで楽しい気がして、ちょっと惜しかったか？　と頭の隅で思ってしまう。

「こんな時くらい、ケータイ切っとけっ。マナーだろっ！」

「そんなワケにはいかねーだろ。そういう仕事なんだからさ」

和葉の非難に、成親は投げ出すように返しながらズボンをはき、タイを首に引っかけると、上着を片腕に大股に寝室を出る。

それでもようやく身体の方は収まってきたが……やはり、くそっ、という腹立たしさは抑えきれない。

「おいっ！」

が、和葉の方も腹の虫が治まらないらしく、ベッドの下に投げられていたバスローブを拾い上げると、それを羽織りながらあわててあとを追ってきた。

「管理職だから大丈夫、とか大口たたいてたのは誰だよっ！」

背中でわめいた和葉をふり返りもせず、成親は冷蔵庫から勝手にペットボトルの水をとり出してラッパ飲みすると、ふー…、と長い息をついてからようやく和葉に向き直った。

「年末はおまえも、パーティーだの忘年会だので家にいない日が多かっただろ？　確かこの間は、徹夜でレコーディングだとかでキャンセルされたし？　俺は一人、寂しく枕を抱えて寝たけどな」

「それは……」

いくぶん嫌みたらしく言い返すと、和葉がぐっ…、と言葉につまった。

実際、おたがいさま、なのだ。

「こんなんじゃ…、つきあってる意味がないだろっ。イクだけなら大人のオモチャでだって用は足りるんだからなっ！」

やけくそのように吐き出した和葉に成親は軽く肩をすくめ、ちらっと腕時計に視線を落とすと、大股に玄関へ向かって歩き出した。

「子供みたいにダダをこねんなよ。俺がいない間、そんなに寂しいんなら、今度よさそうなのをプレゼントしてやろうか？」

まったく何の気なしに、話の流れで口から出た言葉だった。

どんな罵倒《ばとう》が飛んでくるかと思ったが、それにしばらく返る言葉はなかった。

靴に足をつっこみながら、ん？　とようやくその沈黙に気づいた時——。

「二度と顔を見せるなっ！　バカっ！」

そんな声と同時に、ゴン、と重い衝撃が後頭部を襲う。

「——て…っ！」

その鋭い痛みに、思わず成親は声を上げていた。

派手な音とともに足下にテレビのリモコンが転げ落ちてきて、どうやらそれを投げつけられたらしい。

「和葉っっ！」

思わずふり返って凶悪な声で怒鳴ったが、バーン！　とものすごい勢いで和葉の仕事部屋だろう、ドアの閉じる音と重なってしまう。

——俺だって好きで呼び出されてるわけじゃねーだろうがよ…っ！

心の中でわめき、ズキズキと痛む頭を押さえながら、成親も腹いせのように玄関のドアをたたきつけた——。


「……あ、成親さん！」

むっつりと不機嫌な顔で、成親良司《りょうじ》がほんの数時間前に出たばかりのドアを再び開くと、部下の由利が脳天気な声を張り上げる。

刑事、などという職業にはまったく向いてなさそうな、のほほんとした童顔だ。

さすがに真夜中を過ぎ、部屋に残っている部下も二、三人だった。仮眠をとっている者もいるのだろう。

由利の声にパソコンに向かっていた部下たちも顔を上げ、お疲れーす、と挨拶《あいさつ》してきた。

「こんな時間にすみませんー」

まっすぐに奥の自分の席へ向かった成親に、にこにこと、まったくすまなさそうでもない顔で言いながら由利がついてきて、思わずむかっ、とする。

いや、もちろん、理性ではこの部下の責任でないことはわかっている。あんな最悪のタイミングで電話をしてきたとしても、だ。

どっかりとイスに腰を下ろしながら、くそっ…、と内心でうめいた。

――こんなことならあんなに前戯に時間をかけず、さっさとつっこんどきゃよかった…っ。

そんな後悔をしても、まったくあとの祭りである。

しかも自分は我慢して、和葉だけは気持ちよくしてやったのに、あの言われようだ。

「せっかくのデート、邪魔しちゃいましたねー。すみません。一応、配慮はしたつもりだったんですけど」

「配慮？」

へらへらと笑いながら言われ、ぶっきらぼうに成親は聞き返す。

「そろそろいいくらいかなー、って。ほら、成親さんがココ出てから、四時間たってたし。や、あの男を引っ張ったのって十時くらいだったんですけどねー。さすがに二時間で呼び出しかけて、真っ最中だったりしたらマズイかと思って」

「底の浅い配慮をするなっ！」

あのタイミングなら、始まる前に呼び出されていた方がよっぽどマシだ。

思わず噛みついた成親に、由利が目をぱちぱちさせる。

「……え、ひょっとして、まだ、だったんですか？」

顔をのぞきこむようにしてまともに聞かれ、成親は思わず、ぐっ…、とつまった。

じろり、と物騒な目つきでにらみつけるが、鈍感なのか図太いのか、まったく気づく様子もない。

「大丈夫ですか？　まだ年ってほどじゃないですもんねえ…。なかなかイケないのって、やっぱ、ストレス？　ですか？　管理職ってタイヘンですもんねえ…」

わずかに身をかがめ、こっそりと、内緒話でもするように言われて、さらに頭に血が昇る。

腹が立つのと、欲求不満なのと。

「俺はムードを楽しむタイプなんだよっ！」

「へー…、意外」

わめいた成親に、目をパチパチさせて由利がつぶやく。

なんでだっ？　どこがだっ？　と、首根っこを引っつかんで揺さぶり倒したいくらいだったが、自分がダメージを食らうだけのような気がして、なんとか押しとどめた。

「それでっ⁉　調書はっ？」

「あー、ハイハイ。これです」

話をそらせるように尋ねた成親に、由利が手にしていた書類を差し出す。

引っつかむようにそれを受けとると、机に肘《ひじ》をついてじっと読み進めた。

マークしていた男が夜の街でちょっとしたケンカ騒ぎを起こし、引っ張られてきたのだ。むろん、成親たちが内偵していた事案とは違うのだが、要するに別件になる。

「……で、例の件についていては何かしゃべったのか？」

目で文字を追いながら、成親が低く尋ねる。

「いえ…、うかつな聞き方でうっかり気取られるとマズイですしね。村越《むらこし》さんの取り調べだったんですけど」

それに成親はうなずいた。

由利の取り調べだと危なっかしいが、村越というのは成親より年上の部下になり、四十代で現場での経験も長い。慎重な人だから、そのへんは心得ているはずだ。

ちらっ、と部屋を見渡したがその顔が見えないのは、おそらく仮眠中なのだろう。

「麻薬関係で探りを入れているふりで、いろいろと聞いてましたよ」

「うまい手だな」

成親もにやりと笑った。

芸能界の薬物汚染は今、問題にもなっている分、こちらの狙《ねら》いからも目がそらせる。

逮捕した男は俳優…、といっても、さして大物ではないが、妻は十歳ほども年上のやり手の女実業家で……まあ、逆玉、というヤツだ。俳優は道楽みたいなもので、妻の金で遊び歩いているらしい。

「ずいぶんそわそわしてましたね。名前が出るのか、とか、勾留《こうりゅう》されるのかとか、そんなことを気にしてましたけど」

曲がりなりにも芸能人なら、当然だろうか。

「スケジュール、聞いたか？」

「例の調子で村越さんがさりげなーく。来週末は大事なパーティーがあるから、それまでには自由になれるんだろうな、って、ずいぶん気にしてました」

「やっぱり新年会…、か」

由利の言葉に、成親は顎《あご》に手をやってうなった。

「情報通り、ということですね」

感心したように言われて、ふん…、と成親は鼻を鳴らす。

……もちろんもたらされた情報が正しかった、というのはいいことには違いないのだが——今回の場合、情報提供者がちょっと気にくわない。

「どうします？　基本、現行犯逮捕ですよね」

そう、情報通りなら、ちょうど一週間後——来週の土曜が山場になる。

二度とない、決して失敗のできない、唯一のチャンスだ。

「潜入ルート、ないんですか？」

聞かれて、成親は眉をよせる。

いざとなればないことはない——が、実際のところ、あまり使いたい手ではなかった。

「とりあえず、出席者を調べろ」

淡々と口にした成親に、はい、と由利がうなずく。

「今度はうまくつながるといいですね」

いよいよ…、という興奮を、さすがに抑えきれないような調子で由利がつぶやく。

そうだ。今度こそ。

年末に逮捕したひき逃げ犯——和葉と再会することになった事件だ——も、もともとはひき逃げで追いかけていたわけではなく、今関わっているこの件でマークしていた男だった。それがたまたまひき逃げ事件を起こし、……まあ、逮捕できたのはよかったのだが、おかげで半年がかりで内偵を進めていた別件の方では、いささか足踏み状態になってしまっていたのだ。

その男は二世タレントで、今、捕まえた男も俳優だ。

やはり芸能関係者が多いな…、と思う。派手好き、遊び好きな人間が多い、ということかもしれない。

和葉も芸能人、といえばそうなのだろうし、友人や知り合いも多いだろうが……、この件に関わってくることはないはずだ。

うまくいけば、土曜日には片がつく。そうすれば和葉との時間も、もうちょっと、とれるはずだった。

と、自分のデスクへもどりかけた由利が、ふっと何かを思い出したように帰ってくる。

「何だ？」

怪訝《けげん》そうに書類から顔を上げた成親に、わずかに身をかがめ、真剣な顔で由利が言った。

「和葉さんには早めにあやまっておいた方がいいですよ？　途中でほったらかしっていうのはやっぱり……――いてっ！」

最後まで言わせず、成親は手にしていた書類の束をベシッ、と男の顔面にたたきつけた。

「余計なお世話なんだよっ」

成親たちが三カ月ほど前からとり組んでいるのは、違法カジノの摘発だった。

場を提供している「胴元」は大手ホテルチェーンの常務取締役である渕上敦也《ふちがみあつや》。グループの会長である祖父が会社を興し、現在は社長である父親が実質的に事業を切り盛りしているわけだが、その三代目である。お仲間もそれに類する金持ち連中、そして各界の有名な遊び人、というところだろうか。どうやら自分たちでは、セレブなお遊び気分、を楽しんでいるようだ。

が、違法カジノといえば暴力団の資金源になっていることも多く、この場合も裏で糸を引いているのは、やはりヤクザのフロント企業のようだった。表向きは経営コンサルタント会社、ということだが、ここの社長が渕上の友人で、実質的な胴元なのだろう。

金持ちのボンボンたちはラスベガスへ行く代わりに、もっと近場で気軽に、という安易な気持ちのようだ。ヤクザが関わっているなどとは思っていないだろうし、違法だという認識を持っているかどうかすら、あやしい。

だが一晩で一人数百万から億の金が動いているようで、負けがこんで会社を潰《つぶ》した人間や、身売りするハメになった若いタレントもいるようだった。さらには、賭博《とばく》での借金をタテに、海外から麻薬の運び屋をやらされている有名アスリートなども。

三カ月ほど前にその情報がもたらされ——成親たちは動きを悟られないように、地道な内偵を始めていた。

カジノが開かれる場所や時間は決まっていなかったが、どうやら恒例の「新年会」というのがあるらしいと、調べがついた。

それが、来週末に控えているのだ。

それも年に一度の大がかりなものらしく、やはり一網打尽にするには、これ以上ない舞台と言えるだろう。

だから成親としても、力が入っていた。

……その分、できたての恋人へかまける時間が少なくなったわけだが。

成親は書類の端からちろり、とパソコン画面に向かっている由利の横顔をにらみ、バサッ…、と書類を机におく。

ポケットの携帯を服の上から確認してから、何気ない様子で立ち上がった。

「あ、コーヒーっすかー？」

気が利くのか、鼻が利くのか。

ふっと顔を上げて尋ねてきた由利に、「トイレ」とむっつり、成親は返した。

「あー…、ごゆっくりー」

何かを察したのだろう。

にやり、と意味深な笑みを浮かべた由利に見送られ、成親は、その推理力を仕事に向けられないのかっ！　と、思わず心の中で怒鳴りつける。

まだ若く、配属されたばかりの由利は、仕事上ではまだまだミスも多い。なにしろ年末には、和葉にとっつかまって吐かされるくらいだから。

人気のない真夜中の庁舎の隅で、成親はちょっとためらいながら、和葉の携帯をコールする。

が、十回以上鳴らしても、相手は出なかった。

真夜中をとうに過ぎ、世の中の常識からすれば、もちろん電話をするには非常識な時間帯だ。が、和葉の生活時間はそれとは違う。

あれからふて寝でもしてるんだろーか…、と思いながら、あきらめて電話を切ろうとした時、ぷつっ…、とつながった。

「あー…、和葉?」

ちょっとあせって、それでもふだんと変わらない態度を作りつつ、成親は言葉を押し出す。

が、それにしばらく沈黙だけが返り、さすがに成親が困惑した頃、ようやく冷たい声が耳を打った。

『何の用だ、タコ』

「…………」

——可愛くねー…。

内心でむっつりとうめく。

「いや、悪かったよ、さっきは」

それでも気をとり直し、大人の態度で、成親はとりあえずあやまった。

――が。

『何についてあやまっているんだ？』

さらに冷ややかな、感情のない声が返ってくる。

「や、途中で邪魔が入ったしさ…。このところ、落ち着いて会えてねぇし」

『おまえのせいなのか？』

「いや、俺のせいでもないとは思うが」

不可抗力、というべきものだろう。

『だったら、あやまる必要はないだろう』

「いや…、だって。……おまえ、怒ってんだろ？」

いささか困惑しつつそう言った成親に、和葉が大きく息を吸いこんだのがわかる。

『俺が何に怒ってるのかもわからないくせに口先だけであやまってすむと思うなっ。ボケ！』

電話口で一息に怒鳴られたかと思うと、そのままぶちっ、と電話が切れてしまう。

成親は呆然と、ツー…と機械的な音を立てる携帯を眺めてしまった。

……何に、って……？

成親は思わず考えこんだ。

……やっぱり、大人のオモチャをプレゼント、がまずかったんだろーか……？

※

※

コンコン…、と仕事部屋のドアがノックされたのは、朝の十時をまわったくらいだろうか。

片耳だけヘッドフォンをあて、キーボードをたたいていた和葉がふり返った時には、すでに半開きになっていたドアから喜多見《きたみ》が顔をのぞかせていた。

休日だというのに、あいかわらず隙《すき》のないスーツ姿だ。

気心の知れた従兄弟《いとこ》であり、仕事上のマネージャーでもある男は、日曜でも顔を見せる。いや、自分の仕事の手が空いている休日に訪ねてくる方が多かった。半分引きこもりの和葉のために、食料やら生活用品やらを補充してくれているのだ。

むろん部屋の合鍵《あいかぎ》も持っており、勝手に入ってきたのだろう。

「めずらしいな、こんな朝っぱらから。成親が泊まってるんじゃないのか?」

そして隣のベッドルームを気にしながら、思いきり今の和葉の神経を逆撫《さかな》でするような問いを投げてくる。

「いないよ。とっくの昔にな」

思わず、つっけんどんに和葉は返した。それに喜多見がわずかに目をすがめる。

「なんだ、またケンカでもしたのか。……ああ、だから玄関先に転がっていたわけだな」

手にしていたリモコンでトントン…、と肩をたたいて納得したようにうなずく。

また、と言われて、和葉はピキッ、とこめかみのあたりがヒクついた。

あいかわらずの痴話ゲンカ、と言われたみたいで。……まあ確かに、成親とはしょっちゅう口ゲンカのようなことはしているわけだが。

「もう別れるよ。だいたい無理だったんだよ、最初から」

ヘッドフォンを放り出し、だらりと立ち上がりながら、和葉はあえて淡々と言った。

「生活が違いすぎる」

接点など、何一つない。その上、おたがいにまともな就業時間などない仕事で。

十年ぶりの再会は仕組まれたものだったが、それにしても和葉があんな事件に遭遇しなければ、人生で二度と顔を合わせることはなかったはずだ。

「わかってたことだろ。何を今さら」

やれやれ…、というように、喜多見が嘆息する。

「あいにく、俺は刑事の仕事に理解のある嫁さんにはなれないからな」

喜多見の身体を押しのけるようにしてリビングへ移り、和葉はむっつりと言った。

無意識に、このところ控えていたタバコに手が伸びてしまう。

そう。カラダだけなら誰でもいい。あんなふうに、電話の合間に……義務みたいに、イカされるだけなら。

思い出して、また悔しさがこみ上げてくる。

「あのやろう……」

小さく毒づいて、手にしていたタバコをへし折ってしまう。

「まあ、なんでもいいが、明日、忘れてないだろうな?」

それにまったくとり合うそぶりも、なだめようという誠意もみせずに、喜多見がドライに尋ねてくる。

「明日?」

眉をよせて聞き返した和葉に、いくぶん厳しく喜多見が答えた。

「新しいクライアントに会う約束になってるだろう」

「ああ、CMだっけ…」

思い出して、前髪をかき上げながら和葉はちょっと息をついた。

そういえば新しくCM曲の依頼が来ていたのだ。確か、和葉でも名前を知っている大手の医療機器メーカーだっただろうか。

「何時?」

「十一時半。昼食を挟んだ顔合わせだ。十一時には迎えに来る」

「俺も行かなきゃいけないのか？」

「あたりまえだろう。おまえの仕事だ」

気だるく、めんどくさげに聞き返した和葉にぴしゃりと答え、さらにビジネスライクに言い添える。

「拗《す》ねてないで仕事はきっちりしろよ」

「拗ねてるわけじゃない…っ」

子供がダダをこねているだけ、みたいな言われ方に、思わず和葉は声を上げた。

「ハイハイ。……ああ、例の劇伴、かなり押してるぞ。問い合わせが来てる」

「わかってるよ。まぁ、今ならちょうど、乱闘シーンなんかうまく書けるかもな」

あっさりと受け流され、和葉はあらためてタバコに火をつけながら、どかっ、とソファへすわりこむ。

そんな和葉を見下ろして、手にしたままだったリモコンをテーブルにおきながら、喜多見が小さくため息をついた。

「成親の仕事にケチをつけても仕方がないだろう。あいつの都合でどうこうできるものでもないんだし」

「わかってるって…！」

成親の肩を持たれ、和葉はさらにいらいらとうなる。

わかっている——はずだった。

成親のせいではないのだろう。おたがいの時間が合わないのは。

だが、いそがしいとはいえ、和葉はほとんどマンションにこもっているのだ。成親が訪ねてくればたいてい、顔くらい見られるはずで。

抱き合う時間がなくても。電話だけでも。

そう思うのは……単なるわがまま、なのかもしれないが。

「おまえは難しいヤツだからな…。一人じゃないと仕事ができないくせに、ヒマがあればかまってもらいたがる。そのくせ、ホストみたいに口先で機嫌をとってくるヤツは気に入らない。まったく、やっかいな男だよ」

なかばあきれたように言った従兄弟の言葉に、和葉は言い返すこともできずにタバコをふかした。

それを成親に望むのが無理なのはわかっていた。

実際、成親にしてもハードな仕事だ。プライベートくらい落ち着いて、疲れを癒やしたいと思うのだろう。

黙って家で料理でも作って待っていてくれるような、仕事に理解のあるカノジョとか、奥さんとか。

本当はそんな相手が必要なんだろう…、と思う。

仕事と自分と、どっちが大事なんだ——などと、つまらないことを問いただすつもりはない。成親に仕事を辞めろ、というつもりもない。むろん、そんな権利はないし、自分だって仕事を優先する時はあるのだから。

ただ——。

結局、成親にとって自分は仕事の合間の……たまった欲求の解消、なんだろうな…。

冷静に、そう思う。

求めているのはいつも自分の方——、なのだ。欲しがっているのは、自分だけ。

それが見透かされているみたいで……だから、悔しいのだ。

考えてみれば「恋人」という関係さえも曖昧《あいまい》なのだから。

だがそれも仕方がないか…、という気がした。

もともと、俺はレンアイに向かない人間だからな……。

タバコの煙と一緒に、和葉はちょっと自嘲《じちょう》気味なため息を吐き出す。

本当につまらない男——でしかないのだ。ちょっとピアノが弾けて、ちょっと金があるだけの。

そのくせ、相手に要求することだけは人一倍で。自分の主張だけはあって。プライドばかり高くて。

成親もそのうち、めんどくさい、と思うようになるのかもしれない。……いや、もう今でさえ、だ。

あんなセリフも、そんな気持ちが表に出ただけかもしれない。

自分勝手で、エロくて。デリカシーもなくて。

いつまでもずるずるとつきあうような男じゃない……。

自分に言い聞かせるように、和葉は心の中でつぶやいた。


もらった名刺には「藍原《あいはら》護《まもる》」、という名前と、「株式会社AIフィールド・インダストリアル執行役員専務」さらには「AIアミューズメント株式会社代表取締役社長」という、仰々しい肩書きがあった。

AIフィールドというのは、制御機器、FAシステム事業を世界に向けて展開しているグループ企業だが、一般には「AIMo」というブランドで展開している電子機器、医療機器メーカーとして馴染《なじ》みがある。

つまりこの男は、そのグループ企業全体の執行役員であり、その子会社の社長を兼任している、ということだ。

「初めまして。……すみません、名刺の持ち合わせがなくて」

それを受けとりながら、和葉はいくぶんあわてて頭を下げた。

横にいた喜多見に、じろり、とにらまれ、仕方ないだろ…、と、視線で言い訳しながら、ちょっと口をとがらせる。

ふだん名刺の受け渡しなど、縁がないのだ。そんな堅苦しいつきあいをすることはめったにない。それに喜多見の名刺を渡しておけば、たいていことは足りるわけだから。

「いえ、大丈夫ですよ」

ほがらかに男が微笑《ほほえ》んだ。

三十なかば、というところだろうか。長身で体格がよく、仕立てらしい落ち着いたスーツがスマートに似合っている。いくぶん甘めで、モデルにしたいようないい男だ。

どうぞ、とうながされて、和葉たちは男のむかいの席についた。

老舗《しにせ》料亭の個室。だが畳ではなく、アンティークな雰囲気のテーブル席だった。まわりもそれに合わせたシックな調度だ。

食事は創作和食、といった感じの懐石で、相当に手のこんだものだった。ランチコースにしても、いくらだろう、と思ってしまう。庭園の眺めも美しく、とても都心とは思えない静かな佇《たたず》まいだ。

ゆったりとした大人の雰囲気で、とても成親とは来られそうにないな…、と、和葉はちょっと内心で笑ってしまった。

成親なら、屋台のラーメン屋とか居酒屋に引っ張りこまれそうで。

まあ、今まで和葉のつきあってきたタイプでいえば、成親のような男の方がめずらしいだろう。仕事関係で出会う相手は、若手のミュージシャンをのぞけば、やはりそれなりのステイタスや名前がある人間が多かったから。

顔合わせ、ということだが、食事の間はビジネスの話題はなく、時事的なことから、和葉の今までの仕事の話題がメインだった。

ビジネス・パートナーとして、下調べ、というところなのか、藍原は今まで手がけた和葉の仕事をきちんとチェックしているようだ。

「先日出されたアルバムも聴かせていただきましたよ。今、車にものせてるんです。耳に残る曲ですね。フレーズがずっと頭の中をまわるんです。硬質で、透明感があって…、でも冷たいわけじゃない。心に沁《し》みて…、とても好きですね」

「ありがとうございます」

和葉はなんとか落ち着いて返したが、こんなふうに面と向かって褒められるのは妙にくすぐったい。

もともと引きこもりがちな和葉は、こうした顔合わせや打ち合わせが得意ではないのだ。相手の話を聞く必要がない場合は、たいてい喜多見に任せっきりだった。

「以前にゲームメーカーのCMを手がけられていたでしょう？　やられたな、って思いましたよ。僕のところで一番にやりたかったのにな、って」

それでも藍原の軽やかな言葉に、次第に和葉も打ち解けていく。

落ち着きと安心感を与える声だった。その口調も、声の高さも。ゆったりと心地よい。

「ＡＩフィールド」という社名は、確か創業者の名前からとったもので、つまり「藍原」の名を持つこの男は創業者一族ということになる。この若さで執行役員というのも、なるほど、というところだ。

が、尊大さはみじんもなく、人当たりもやわらかい。かといって、金持ちのボンボンという浮ついた感じでもなく、物腰も会話も、理知的で洗練された雰囲気がある。

きっちりとビジネスのできる大人の男、なのだろう。

喜多見や、他の誰かの手を借りないとまともに仕事にならない自分とは違う。

仕事相手は、やはり同じような自由人も多いのでさほど気にはならなかったが、たまにこうしたクライアントと会うと、自分がふらふらと、まったく腰が据わっていないようで、ちょっと情けない気がする。

和葉の今の仕事は趣味の延長のようにして始まったわけだが、きっと藍原などは幼い頃から帝王学、というか、英才教育を受けてきたのだろうな…、と思う。

……そう。それをいえば、自分も、なのだろう。ジャンルはまったく違うわけだが。

少し、親近感のようなものを覚えてしまう。

つらくはなかったのだろうか？　息苦しくはなかったのだろうか？　すべてを投げ出したいと思ったことは？

こうして話していると、揺るぎのない自信と落ち着きがあって、そんな迷いはまったく感じられなかったけれど。

結局自分は、両親の望んだクラシック畑からは外れてしまったわけで、ある意味、期待はずれな鬼っ子なのだろうが。

和やかな雰囲気のまま二時間ほどもかけて食事が終わり、デザートを口に運びながら少し、仕事の話に入る。といっても、金銭的なことではなく、内容について、だ。

クライアントのコンセプトとか、どんなイメージを望んでいるのか、広告代理店がどんな提案をしてきているのか、そんな予備的なことを。

「もともとこちらの要求は、和葉さんに音楽を担当していただくこと、というのが前提でしたから。代理店にはそのように伝えてあります」

さらりとそんなふうに言われて、和葉はちょっと驚く。

えっ？　と、わずかに目を見張った和葉に、藍原が苦笑した。

「……ああ、失礼。いきなりお名前で呼ぶのは馴《な》れ馴れしかったですね」

「いえ、それはかまいませんが」

そういえば自然とそう呼ばれて、特に違和感もなく、嫌でもなかった。

いや、それより、そこまで入れこんでもらえる理由がわからない。

よかった、と穏やかに微笑んでから、藍原は続けた。

「ですから、和葉さんのイメージで出された音楽にふさわしい映像にしたいと思っているんですよ。使いたいタレントがいればリクエストを出していただいて結構ですし、映像に希望があれば何でも。モチーフやＣＧでも」

「それは……ありがたいんですけど、でもどうして…？」

さすがにとまどってしまう。

「以前からずっと和葉さんのことは気にしていたんですよ。作品を耳にして、こうやってお会いして、なるほど、と思いました。……そうだな。あなたを試してみたい、と言ったら気分を害されるかな？」

じっと、まっすぐに和葉を見つめ、ちらり、と口元に笑みを浮かべる。

どこか謎めいた、意味深な笑みだ。

「試す…？」

和葉は無意識に息をつめるようにして、問い返した。

「ええ」

悪びれずに、藍原は微笑んでうなずいた。

「ウソのない人でしょう、あなたは。だからあなたの音楽を聴けば、あなたがどんな人かがわかる。何を考えて、どんなものを大切にしているのか」

「わかって…、どうするんです？」

思わず、そんなふうに聞き返していた。

藍原が軽く肩をすくめた。わずかにゆったりとイスにもたれかかる。テーブルの上で何気ないように指を組んだ。

「そうですね…、僕の人物評価が試されている、ということにもなるのかな。もちろん、僕だけじゃないですけどね」

それはそうだろう。和葉に決めるまでには候補が何人もあって、藍原の独断でもないのだろうから。

「和葉さんなら、新しいイメージを吹きこんでくれるんじゃないかと思っているんです。期待を裏切らないでいただけるとありがたいですね。お願いするＣＭはわが社のイメージを決めるものですから、妥協はしません。ダメ出しは厳しいと思いますよ」

なかば挑むように言われて、和葉はかえって腹がすわるような気がした。

実際、ヘンに持ち上げられ、偉い先生扱いされるよりはそのくらいの方がずっといい。

「わかりました。もっとも、見こみ違いだった、と言われても、こちらにも譲れないところは出るかもしれませんけど」

まっすぐに返した和葉に、藍原は小さく笑ったようだった。

と、黙って話を聞いていた喜多見が、ちらりと腕時計に視線を落として口を開く。

「すみません。別の約束が入っているので、私はこれで失礼させてもらわなければいけないんですが」

そして、おまえはどうする？　と、視線だけで尋ねてきた。

「ああ…、藍原さんもおいそがしいだろうしな」

今日はこのへんで、と続けようとした和葉の言葉は、しかしあっさりとつみとられる。

「いえ、僕は今日は他の予定を入れていないんですよ。和葉さんに会えるのを楽しみにしてきたので」

静かに微笑んで言われ、和葉は一瞬、言葉を失った。探るように男を見つめてしまう。

「お時間がよろしければ、場所を変えましょうか。本社にいらしてみますか？　ご案内しますよ。もう少し、うちの会社のイメージをつかんでいただければと思いますし」

今回和葉の手がけるのは、ある製品のＣＭというより、企業のイメージＣＭだ。それだけに責任も感じる。

迷ったが、和葉は、じゃあ…、とうなずいた。

「一人で大丈夫か？」

先に店の玄関を出たところで、タクシーを呼びながら喜多見が確認してくる。

「ああ…、いい人みたいだし」

「めずらしいな。人見知りのおまえが」

ちらっとからかうように言われて、和葉はちょっと体裁悪く肩をすくめた。

「三十近くになって、人見知りもしてられないだろ」

「ほう…、少しは成長したようだな」

それに嫌みたらしく答え、にやり、とつけ足した。

「そろそろ俺も、おまえのお守りから解放されたいよ。……成親に引き継げるかと思ってたんだがな」

そんな言葉に、和葉は不機嫌に眉をよせる。

「あいつにおまえの代わりができるわけないだろう」

そんなに面倒見のいい男じゃない。

「もちろん、代わりじゃないさ。仕事上ではな」

あっさりと言われ、和葉はムッとして突き放すようにつけ足した。

「プライベートでも、だ」

「そうか？　成親くらいしかいないと思ったがな。おまえとまともにケンカできるヤツは」

そんな言葉に、和葉は怪訝に眉をよせる。

「どういう意味だよ？」

「外面がいいからな、おまえは。今までつきあってた相手とだって、まともにケンカもしたことはないんだろう？　ケンカになりそうなら、相手にならずにさっさと引くしな」

指摘されて、あっ…、と初めて気づく。

そう、言われてみれば、こんなふうにまともに言いたいことを言っているのは喜多見と――成親くらいだ。仕事はともかく、プライベートでは。

「いいから、さっさと行けよ」

切り返す言葉がなく、和葉は低くうなるように言って、軽く従兄弟の足を蹴飛《けと》ばす。

あとから出てきた藍原に、それではよろしくお願いします、とそつなく挨拶をしてから、喜多見はタクシーに乗りこんだ。

そのあとに、待たせていたらしい藍原の車がすべるように玄関前に横づけされる。

和葉に先をうながし、あとから乗りこむと、藍原が運転手に行き先を告げた。

「仲がいいんですね」

喜多見との小さなやりとりが目に入っていたのだろう、車がなめらかに走り出してから、藍原がおもしろそうに口を開いた。

「従兄弟なんですよ」

軽く答えた和葉に、ああ…、とうなずく。

「恋人かと思いましたよ。プライベートでも」

そしてさらりと続けられ、和葉は一瞬、息をつめた。

「まさか」

思わず口にしてから、うかがうように藍原の顔を眺めてしまう。

そんなふうに思うのは……藍原がそっちの人間だから、ということなのだろうか？

ただ穏やかに微笑んだ男の顔からは、まったく意図は読みとれない。

「和葉さん、恋人はいるんですか？」

そして何気ないふうに尋ねられ、和葉はそっと息を吐いた。高級車のやわらかなクッションに背中を預ける。

「恋人…っていうほどのものはいないかもしれませんね」

無意識にくしゃり、と前髪をかき上げ、和葉はため息混じりに答えていた。

「なるほど…。ケンカでもしてるのかな？」

その微妙な言い方で察したのか、くすくすと喉の奥で笑って、いくぶん砕けた口調で聞いてくる。

「おたがい、時間が合わなくて」

和葉は肩をすくめてみせた。男がそれにうなずく。

「あなたの仕事だとそうでしょうね。おいそがしそうだ」

「それはむこうもわかってたはずなんですけど」

知らず、そんな言葉がこぼれる。

ははあ…、と藍原が低くうなって顎を撫でた。

「相手の方も仕事があるというわけですね。でも会えなくて寂しいと思うのは、まだ好きな証拠なんじゃないですか」

ちらり、と横目でうかがうように言われて、和葉はちょっと顔を伏せた。

好きな証拠――か……。

ズキッと、胸が痛んだ。

バカみたいだな…、と思う。あんな男にふりまわされるばっかりで。

「恋人だからこそ、会いたい時に会えないんですよ」

が、さらりと続けられた言葉に、え…？　と和葉は顔を上げた。

「なんとも思っていない相手なら、そもそも、そんなに会いたいなんて思わないでしょう？　好きだから、会えなくて寂しいし、悔しいってことじゃないかな」

静かな口調が、そのまま、身体の奥まで沁みこんでくるみたいだった。

好きだから――会えないのが悔しくて。

和葉はそっとため息をついた。

「……すみません。グチみたいになって」

「いえ。和葉さんには万全の態勢で仕事に入ってもらいたいですからね」

言われて、クライアントの立場の男だった、とようやく思い出す。

そんな相手にグチを言うようでは情けないが、自然と口から出てしまっていた。ほとんど初対面の相手だというのに。

泣き言を言ってしまうのも、わりと強情な和葉としてはめずらしい。

やはり年齢と、社会経験、だろうか。会話の作り方がうまい。そして、人をよく見ている、ということだろう。

それとも、自分がわかりやすいのだろうか？

「もっとも、僕だったら恋人をほったらかしにはしないけどね。和葉さんみたいに放っておけないタイプなら、なおさらだな」

「放っておけないタイプですか？　俺」

いくぶん意味ありげに言われ、唇だけでちょっと笑って、和葉は聞き返す。

同じことを成親に言われたらムッとしそうなところだったが、藍原に言われると素直に聞ける気がするのは、やはり自分よりずっと年上だからだろうか。

「頼りないっていうんじゃないよ。かまいたくなる、っていうのかな？　まあ、僕が面倒見がいい方だからかもしれないけどね」

なるほど、そんな感じもある。大人の余裕と、包容力と。……成親にも少しは見習わせたいところだ。

「藍原さんの恋人はきっと、幸せですね。……ああ、ひょっとして、結婚されてるんですか？」

指輪はなかったが、していておかしい年でもない。立場的にも。

「いいえ、独身ですよ。恋人募集中です」

にっこりと笑ってから、和葉をのぞきこむようにして、ちょっと顔が近づいてきた。

「どうかな？　和葉さん、僕に乗り替えてみるというのは？」

ちょっといたずらっ子のような目がまたたく。

冗談か本気かわからない口調だった。いや、もちろん、冗談だろう。

「藍原さんだっておいそがしいでしょう？　でも、甘やかせてくれそうですよね」

和葉も共犯者のような笑みを浮かべて、軽やかに返した。

きっとこの男となら、重くない、ほどよい距離でつきあえる。

わがままを言っても、軽く受け止めてくれて。

実際のところ、これだけ放っておかれれば、いい虫だって、悪い虫だってついておかしくはないのだ。乗り替えたとしても、文句を言われる筋合いはない。

タイプ的に考えても、藍原の愛人――くらいの方が、きっと自分には合っているのだろうな…、という気がした。成親みたいにイライラさせられることもなく。きっと落ち着いて仕事もできる。

「どうかな？　案外、手厳しい人間かもしれないよ」

にやり、と意味深に笑って、藍原が言った。

まあ、確かに、こんなふうに人当たりはいいが、抜け目はなさそうだ。ビジネスにはシビアなのだろう。

「そうかもしれませんね。でも、叱《しか》られるのも嫌いじゃないですから」

かまってもらっている、という感覚が好きなのかもしれない。

そんなふうに言うと、ほう…、とつぶやいて、藍原が目を瞬かせる。

「ただ、叱られるのが好きなんで、素直にあなたの言うことは聞かないですよ、きっと」

和葉の言葉に、藍原は声を上げてほがらかに笑った。

「いいね。相性もよさそうだ。……本気になりそうだな。どう？　僕なら好きなだけ、贅沢《ぜいたく》させてあげられるし？　仕事の邪魔はしないし、好きな時に好きなだけ、甘やかしてあげられる。もちろん、仕事のパートナーとしても申し分ないと思うけどね」

「理想ですね」

微笑むように言って、和葉はそっと目を閉じた。小さく喉で笑ってしまう。

だが理想、というのは、つまり現実ではない。こんな「恋人ごっこ」は何も考える必要もなく、気は楽だ。

「でもあなたは、成親の方がいい、ということかな？」

静かに言われ、和葉は思わず唇を噛んだ。

わかっているのだ。どう考えても、この男の方がいい。成親よりずっと共通の話題もあるだろうし、自分のために時間を割いてもくれるのだろう。

――それはわかっているのに。

そしてようやく、気づく。

「成親」と、あたりまえのように名前を出されていたことに。

「藍原さん…？」

思わず目を見開いて、和葉は男を見つめた。

「あの男も、あんまり器用な方じゃないからね…」

なかば独り言のようにつぶやくと、藍原が意味ありげに和葉を見て小さく微笑む。

「鈍感だし、言いたいことは口に出して言った方がいいよ。怒ってることも、して欲しいこともね」

そんなふうに言われ、しかし和葉は混乱したまま、何を言っていいのかもわからない。

「どうして……あなたが……？」

成親を知っているのか。いや、自分たちの関係を。

和葉が口を開こうとした時、車がアプローチへ入り、大きなビルの正面玄関前へとついた。

本社ビルというだけあって、立派な建物で活気もある。人の出入りも多い。

「これは…、専務」

「お疲れさまです…！」

　来客も多そうだが、車から藍原の姿に気づいた社員たちだろう、あわてて立ち止まって挨拶をしてくる。

　それに軽くうなずくように応えてから、藍原はあとについて降りた和葉に向き直った。

「……ああ、そうだ。よかったら、来週末の土曜なんですが、ちょっと僕とおつきあいいただけませんか？」

「え？」

　いきなり話が変わったようでとまどった和葉に、男はにっこりと笑って言った。

「ちょっとしたパーティーがあるんですが、一人じゃ退屈なのでご一緒いただけたらと。和葉さんにもきっと、いい気分転換になると思いますよ」

※

※

　携帯をにらんだまま、うーん…、と成親はうなっていた。

あれから一週間。当然のように、和葉からの連絡はなかった。

そして、こちらからかけられる状況でもなく。

仕事が大詰めを迎え、正直、それどころではなかった、というのと、やはり意味もわからないままでは連絡をとりにくい。

『俺が何に怒ってるのかもわからないくせに口先だけであやまってすむと思うなっ』

そう言った和葉の言葉が、頭の中をまわっている。

確かに口先だけだったけどさ…、という反省はあるのだが、しかし成親にしてみれば、何に怒っているのか……と言われても、なのだ。

もちろん、いろいろとあるだろう。途中で、その、あんなふうに中途半端のままで、してしまったこととか。大人のオモチャをプレゼントしてやる、とか、言わなくてもいいことを買い言葉のように言ってしまったこととか。

だが和葉の言っているのは、もっと本質的なことのような気もする。

自分でもわからないままでは、さらに和葉を怒らせることは目に見えていたので、成親は様子うかがいに、喜多見の携帯に電話をしてみた——のだが。

『だいたいおまえはおおざっぱ過ぎるんだよ。アレで和葉は繊細なんだ。もうちょっと言葉と態度に気をつけろ』

と、逆に説教されてしまった。

ハァ…、と思わず深いため息がこぼれてしまう。

やっぱり、芸術家とつきあうのは難しいのか…、と、そんな弱音がもれてしまう。

和葉の生活を乱したくはない。乱すつもりもない。が、同様に、自分の生活を変えることもできないのだ。

和葉の稼ぎを考えれば、多分、自分が仕事を辞め、和葉のヒモみたいに、和葉の面倒だけみて暮らすこともできるのだろう。

そう…、ちょうど、和葉に再会した時みたいに。食事や身のまわりの世話をしてやって。時々、身体をなぐさめてやって。

だが和葉があんな関係を望んでいるのなら……正直、自分には無理だった。

今の仕事を辞めるつもりはない。誰かに飼われるつもりはなかった。……まあ、家事が嫌いなわけではないので、たまにそういう「ごっこ」をするには楽しいとは思うが。

もともと世界が違っていたのだ…、と、あきらめてしまえば簡単なのかもしれない。

この間の再会にしても、仕事がらみだった。事件が解決して、そしてまた、おたがいに自分の世界へ帰って行く。

そう、ほんの数回、身体を合わせたことを思い出にして。あの弓削和葉と寝たこともあったんだよな…、と、いい思い出にして。

それでよかったのかもしれない。

十年前――おたがいにまだ青い高校生だった頃。

その頃も、二人の間に特別な会話があったわけではなかった。それどころか、まともにしゃべったことすらなかった。

ただ一緒の空間にいた時間があった――、というだけで。

何を話したこともなかったのに、あの頃はもっと、おたがいを知っていたような気もする。

おたがいの孤独を、だろうか。言葉にしたこともなかったが。

二人で春が来るまでじっと巣ごもりしていた……みたいな、優しい時間だった。

もちろん、いつまでもおたがいにあの頃のままの子供ではない。

否応なく、安全な巣から顔を出して。この十年で自分が変わったように、和葉も変わったのだろう。

成親自身、今はあの頃のような焦燥感や無力感はない。今の仕事に満足しているから、でもあるのだろう。だからこそ、だ。

もっとも和葉は、本質的にはあの頃とあまり変わりはないのかもしれなかった。

華やかな表向きとは違って、プライドは高いのに臆病《おくびょう》で、寂しがりやで。意地っ張りで。

――カワイイんだけどなー…。

携帯をもてあそびながら、成親はかすかに笑う。

ただ、扱いは難しい――。

幸せにしてやれるのか。心地よく、和葉の好きなことをさせてやれるのか。自分とのつきあいで、和葉のプラスになることが何かあるのか。

無理矢理、自分のペースに合わせるようにさせて、和葉の生活をかきまわすだけなのだとしたら――。

「成親さん！　こっち、準備、できましたよ！」

いくぶん張りつめた声が聞こえてきて、おう、と成親は携帯をポケットに入れ、のっそりと立ち上がる。

――やっぱり時間が足りないんだよな……。

と、内心でつぶやいた。

触れ合う時間が。心にも、身体にも。

……ともあれ、これが終わったら。

少しまとめて休暇でもとろうかな…、とちょっと考える。

それまで、顔を見るのもお預け――のはずだった。

その「新年会」が開かれているのは、郊外にあるゲストハウスだった。高台にたたずむ白亜の建物で、いかにも「洋館」という雰囲気だ。

正面の扉を開けたところには、大人三人が隠れられそうなほど巨大な陶器の花瓶に豪奢《ごうしゃ》に花が盛りつけられ、それだけでゆうに成親の給料、一カ月分はありそうだ。

その音楽会が開けそうなほど広い玄関ロビーから、二階へと真っ赤な絨毯《じゅうたん》が宝塚《たからづか》の大階段みたいに続いていて、その正面に張られた一面のステンドグラスは、やわらかな冬の日差しの中で美しい風景画を浮き上がらせている。

この本館から石畳の回廊でつながる隣にはこぢんまりとしたチャペルもあり、どうやらふだんは結婚式場などにも使われているようだ。

それが、今日は貸し切りで盛大な新年会が開かれていた。一番大きなメインホールだけでなく、いくつものサブホール、そしてロビーからラウンジまですべてが開放されている。

一応、スタートは午後二時、ということで、溢れかえった招待客も数百人、あるいは千人を超すのだろうか。このご時世に、ずいぶんと豪勢なことである。

もっとも、だからこそ、成親たちにとってはまぎれこみやすい、とも言えるのだが。

新年会自体の主催は、すでに七十に近い、全国展開するホテルチェーンの会長だった。渕上敦也の祖父である。

そして招待されている客には政財界の大物も多く、成親たちは上司からもかなり神経質に注意を受けていた。

慎重に、一般の関係ない客たちには失礼のないように。そして容疑者は言い逃れができないように、必ず現行犯で押さえること――だ。

「でも、こんな人がいる中で違法賭博って…、すごい大胆ですねえ…。――っと、うわっ…っ！」

感心したように横でつぶやいた由利がいきなり低い段差でコケそうになり、成親はあわてて腕を伸ばした。

「す、すいません…。靴、はき慣れなくて」

首を縮めて上目づかいにあやまった部下の顔をあらためて正面から眺め、ハァ…、と成親は深いため息をついた。

潜入――なんである。

先日、別件で逮捕した容疑者は泳がせる意味もあって、早々と釈放されていた。その男を含め、容疑者リストに上がっている他の者たちもこのパーティーに参加しているわけで、それぞれに割り当ての刑事がマークしているのだが、これだけ大規模なパーティーだ。見失わないためにも、容疑者が接触した人物をチェックするためにも人手は多い方がいいわけで、顔を知られていない成親はもちろん、由利も引っ張り出されていた。

が、由利は事情聴取の時に、容疑者の男とは一度、顔を合わせている。酔っていたので、記憶のほどはどのくらい確かかわからないが、とりあえず用心のために変装していた。

……というより、女装だ。

黒のシックなワンピースに、軽くウェーブの入ったガーリーなボブのウィッグ。

もともと童顔で女顔ではあったが……おそろしいことに、結構な美人だ。ヘタなスーツ姿の変装より、ずっとそれらしい。

入りこむにもカップルの方が怪しまれないだろう、ということで、成親と一緒に来たわけだが。

「やだなー。成親さん、そんなに見つめて。本気にならないでくださいよ?」

頰に手をあてて艶《あで》やかに微笑んで言った部下の頭を、成親はにっこり笑って助け起こすふりをしながら肘でどついた。

「……って！　冗談ですって。もー…、最近、余裕、ないんですから」

由利がぶつぶつと文句を垂れる。

「おまえ、いざとなったら裸足《はだし》で走れよ」

どこへ行くにも交差点のようになっている正面ロビーから隣のメインホールへと入りこみ、扉付近の片隅から中を眺めて、成親は低く言った。

さすがにドレスにスニーカーとはいかず、由利は低めのヒールの女性用パンプスを履いているが、やはり馴染まないのだろう。

「でもこんな人目のある中でカジノって、マジですかねえ…?」

「いや、かえって目立たないのかもな」

顎を撫で、成親は冷静に言った。

この渕上グループが主催する新年会は毎年恒例のようだが、顔出しだけ、という政財界の年寄り連中はだいたい会長挨拶が終わるとすぐに帰ってしまう。そして仕事関係で呼ばれている者たちは、社長のまわりに集まっていくのだろう。

生演奏が行われている一角やら、マジシャンがテーブルマジックで楽しませている部屋もあり、客たちも自然といくつかの小さなグループに分かれていく。そんな中で、そっと抜け出すのは難しくない。

招待客は財界人の他にも、芸能人やら文化人、スポーツ選手と、いわゆる著名人も多いようだが、その招待客の選定やら、アトラクションやらの手配を引き受けているのが、社長の息子である渕上敦也だった。

悪い遊び仲間を招くのに支障はないし、これだけのパーティー会場だ。見張りを一人立たせ、スタッフ・オンリーとでもしておけば、地下の一室でも、離れのコテージでも、カジノをケータリングすることはたやすいだろう。何もスロットマシーンを持ちこんでいるわけではないのだ。ブラックジャックやポーカーのカードゲームか、せいぜいルーレット。この招待客の多さが、いいカムフラージュになっている。

と、マナーモードになっていたポケットの携帯が震え出し、成親は何気ないふりでそれを開いた。メールだ。

『リストアップしていたお偉方はあらかた帰ったようです』

部下からの報告だった。

インカムも用意はあるが、うっかり「関係者」に見とがめられると警戒される恐れがある。今の段階では、携帯の方が怪しまれずに都合がいい。緊急の知らせでなければ、こんなメールでも。

今の世の中、若い子は場所をかまわず携帯を手にしているのだ。

了解。指示を待て——、と成親は短く返信した。

今回の「手入れ」は規模が大きく、著名人が相手なだけにバックアップも百人体制だった。組織対策課だけでなく、捜査二課や所轄、機動隊からも応援が来ている。

大人数をまとめて網にかける必要性と、何人かは来ているはずの暴力団関係者を暴れさせないためと、そして無関係な一般招待客の隔離、誘導のためである。現場を押さえれば、いっせいに突入することになる。

犯罪と関わっていなければ——今回の違法カジノには、ということだが——、政治家や経済界の年寄りたちを足どめしておくのはいろいろと面倒で、さっさと帰ってくれればそれに越したことはない。

実際のところ、渕上グループでも賭博に関わっているのはおそらく敦也だけで、祖父も父親も、ドラ息子の「オイタ」については何も知らないようだった。

まあ、知っていたとしても「困ったやつだ」と思っているくらいで甘やかしているのかもしれないが、摘発を受ければ企業イメージはかなりダウンするだろう。

成親たちも他の刑事たち同様、今はリストに上がっている容疑者の一人をマークしている状態だった。

夕森瑞江《ゆうもりみずえ》という服飾デザイナー。ファッションにうとい成親でも、そのブランドの名前くらいは知っており、業界では大御所、というところだろうか。

資料では五十過ぎだったが、さすがに見た目は若い。原色と大柄の派手めなドレスも、さすがと言おうか、似合ってはいるようだ。

メッシュの入った髪と、大きなイヤリングが少し距離をおいたここからでもかなり目立つ。そしてその甲高い声は、まわりを圧するようにはっきりと響いていた。見失いようがないだろう。

「――まあ、社長、おひさしぶりですこと！　先日のお嬢さまのウェディングドレス、気に入っていただけました？」

そんな声を片方の耳に入れながら、成親はちろっ、とオレンジジュースを飲んでいる部下を横目にする。

「おまえ、容疑者の誰かをたらしこんで一緒に現場まで連れて行ってもらうってのはどうだ？

一番、わかりやすくていい」

それに由利が、えー、と不満そうな声を上げた。

「嫌ですよ、バレてコンクリ詰めとか。そっちの業界関係者も来てるんでしょうし。……うぅーん、でも、遊んでるのって金持ちの有名人が多いんですよね〜。いいなー、玉の輿《こし》、狙っちゃおうかなー」

最近の若いもんはこういう女装に抵抗がないのか――そういえば、男のブラジャーもはやっているというし――髪をかき上げる仕草をし、案外ノリノリな部下に、成親はいささか隔世の感を覚える。……というほど、年も違わないはずなのだが。

「由利ぃ…、ちょっと聞いていいか？」

背中に女の声を確認しながら、成親はぼそりと言った。

「なんっすか？」

二人で談笑しているフリで、由利は成親の肩越しに女を見張っているはずだ。

「おまえの意見を聞きたい」

「いいですけど……、めずらしいですね。何ですか？」

こほん、と咳払《せきばら》いして言った成親にちらっと視線を向けてから、由利が目をパチパチさせる。

「いや…、一般的な感性としてだが……、その、大人のオモチャをプレゼントする、って冗談、そんなに腹の立つモンか？」

視線はそらしたままの、いきなりのそんな問いに、由利がしばらく黙りこむ。そしてじわり…、とにじむような口調で言った。

「成親さん、そんなシュミがあったんですか…?」

「だから、冗談だってっ。話の流れで口に出ただけだっ」

思わず成親は唾《つば》を飛ばす勢いで——しかし声のトーンは抑えて——由利の顔の上でわめいた。

「そんなの、ふたりの信頼関係の問題でしょ」

やれやれ…、とでも言いたげに額を押さえ、ハァ…、とため息をつきながら由利が言った。

「同じことを言ったって、同じことをしたって、信頼の度合いで受けとり方って全然違いますもんねー」

正論と言えば正論に、うっ…、と成親は考えこんだ。

つまり、それを冗談と受けとってもらえなかったほど、和葉との信頼関係ができていない…、ということだ。

「……そんなこと言って、和葉さんを怒らせたんっすか?」

「うるさいよ」

「あー…、だからここんとこ、落ちこんでたんですね」

「別に落ちこんでねーよっ」

「成親さん、ガサツですからねえ…。和葉さんは繊細そうだし」

こんな童顔の部下にグサグサと容赦なく指摘され、本気で胃が痛くなる。

――と、その時だった。

「まぁ、和葉ちゃん！　和葉ちゃんじゃない？　こんなところで会えるなんて」

いきなり響いた女の声に、いっ…？　と成親は息をつまらせた。

むろん、和葉、という名前は、ものすごくめずらしいわけではない。が、ありふれているわけでもないだろう。

まさか、と思いながら、おそるおそる成親がふり返ると――まさしく、目の前で夕森と立ち話をしているのはあの和葉、だった。

「うわ…、和葉さん……。なんで……？」

横で由利も絶句する。

なんで、と言われても成親にもわからなかったが――まあ、これだけ芸能人の多い集まりだ。誰かに連れてこられたとしても不思議ではない。

「和葉さん、夕森と知り合いなんですかねぇ…？」

由利がつぶやいたのに、成親はちょっと首をひねった。が、デザイナーと作曲家だ。接点がないようで、あるのかもしれない。雑誌やテレビの対談とか、映画の関係とか。

少なくとも、作曲家と警察官よりは世界が近そうだ。

とはいえ、かなり親しい、という雰囲気でもなく、一方的に女がしゃべっていて、和葉はうっかり捕まってしまった、という感じに見えた。

相手の話にうなずきつつも、和葉の視線が逃げるきっかけを探すようにちょっとあたりを漂い……うっかり、真正面から目が合ってしまう。

まずい、と思ったが、すでに遅かった。和葉の目がわずかにすがめられる。

「すみません、ちょっと失礼します」

そして話の途中だった女の言葉をぶった切るように言うと、まっすぐにこちらへ向かってきた。

「わっ…、どーするんですかっ？」

あせったように腕をつかんできた由利の耳元で、成親は短く言った。

「ちょっと離れてろ。女を見張っとけ」

その指示に、いくぶん和葉を気にしながらも、由利は飲み物をとりに行くふりでいったん場を離れる。

近づいてきた和葉が、その由利の背中をちらっと見送ってから、じろり、と成親をにらんだ。

「どうして……おまえがこんなところにいるんだ？」

まあ確かに、こんな場所に不似合いなのは成親の方なのだろう。だが、よりによって今日、この場所に和葉が来なくてもいいはずだ。

「それはこっちのセリフだ。おまえ、どうして――」

成親がうなるように口を開いた時だった。

「僕が連れてきたんだよ」

ものやわらかな声が和葉の後ろからかかり、ハッと成親は顔を上げる。それぞれの手にグラスを持ち、すかした笑みとともにそこに立っていた男に、思わず目を見張った。

「藍原さん」

あ…、と和葉が肩越しにふり返ってつぶやく。

どうぞ、とシャンパンのグラスを丁寧に和葉に手渡し、和葉はちょっととまどったように、すみません、とそれを受けとった。

それからゆっくりと、男が成親に向き直る。

「和葉さんを責めないでやってほしいな。一人でパーティーというのも寂しかったものだから、つい…、ね」

「おまえ…」

まったく罪のない顔で言った男に、成親は低くうめいて相手をにらんだ。

和葉さん、などと馴れ馴れしく呼ぶ口調も、いかにも和葉をかばうような言い方も気にくわない。

この男が来ている——かもしれない、ことはわかっていた。

が、どうして和葉と……？

「どうしておまえ、この男と一緒なんだ？」

そのすかした顔を見ているのも腹立たしく、成親は男を無視するようにして和葉に尋ねた。

「どうしてって…」

和葉にも状況が把握できないのだろう。成親と藍原とを見比べ、それでもいくぶん口ごもるように答える。

「藍原さんは今度の仕事のクライアントだよ。藍原さんの会社のCMに関わることになったから」

「AIフィールドのか？」

その言葉に驚いて、成親は知らず声を上げた。

チッ…、と無意識に舌を打ったのに、藍原がいかにも朗らかな調子で口を挟んでくる。

「別に不思議なことじゃないだろう？　和葉さんにとっても悪い話じゃない。ギャラをケチる気はないしね」

そのからかうような言葉に、ふっと成親は険しい視線を男に向けた。

「……何のつもりだ？」

「何が？」

成親の押し殺した声に、男がわざとらしくグラスに口をつけてとぼける。

「和葉に仕事を持っていったのは偶然だって？」

「もちろん、そうだよ」

いかにもおおげさに男が答えた。そしてわずかに視線を落として、静かに微笑む。

「他意はない。和葉さんは初めから社内のプロジェクトチームが挙げた最終の候補に残っていたよ。プロフィールを見て、おまえと同い年で同じ高校だと気がついた。そういう『縁』を決め手にして悪いことはないだろう？　音楽性については、僕個人としては初めから和葉さんを推していたしね」

和葉は初めて聞いたのだろう。目を見開いて、藍原を見つめている。

……というか、いったいどこまで知っているのか。この男が……どこまで話しているのか。

今の様子だと、ほとんど何も聞いていないようだが。

「まあ、あとは彼のマネージャーとの世間話でなんとなく…、ね」

微妙に口を濁した男に、なるほど、と思う。

藍原は喜多見には話したようだ。……自分たちの関係も。

だから喜多見も、あとでバレて面倒なことになる前に、と、成親と和葉との関係を口にしたのだろう。

ただ喜多見がそれを和葉に告げていない、ということらしい。まあ、あの男ならそうだろう。

仕事の上で、和葉に雑念を持たせたくなかったのか、あるいは藍原が口止めしたのか。

別に……、和葉に隠すつもりではなかった。ただ、言う必要もない、と思っていただけだ。

……こんなふうに、この男が和葉にちょっかいをかけてくることがなければ。

「こんなところに一緒に来るのが、和葉の仕事に必要とも思えないが？」

あからさまな怒りをにじませて言った成親に、藍原が淡々と続けた。

「うちのグループの仕事は、和葉さんのキャリアにプラスになることはあってもマイナスになるようなことはない。もちろん、仕事次第だけどね。ＣＭ制作としては資金もスタッフも、十分に集められるし、話題になればさらに和葉さんの名前は大きくなる。……おまえの捨てた会社というのは、そういう使い方もできるんだよ」

意味ありげな、——ある意味、挑戦的な、男の言い方だった。

ぐっ…、と無意識に、成親は拳を握りしめる。

確かにそれは、今の成親にできることではない。

「そういうことを言ってるんじゃない…！」

成親は思わず、声を上げた。

そういう話じゃない。——が、それが成親の痛いところを突いたのは、確かだったのだろう。

それだけに、男の言葉を打ち切るようにさらに声を荒げた。

「わかっていて……、ここに来ることはないだろう！」

「おい、成親…！」

あからさまにケンカ腰の成親に、少しあせったように和葉の手が成親の肩を押さえる。

「僕も結果は自分で確認しておきたかったしね。……何が問題なのかわからないな。和葉さんだって、パーティーを楽しむくらいの気晴らしはあってもいいだろう？」

穏やかなままの男の声が、その余裕が、成親をいらだたせる。

「……恋人にもきちんとかまってもらってないようだしね」

そしていかにもな口調で、小さく口元で笑うように言った男の言葉に、成親は小さく息を呑《の》んだ。

「藍原さん…っ」

うろたえたように和葉が男をふり返る。

……つまり、そういう話を和葉はこの男としていた、ということだ。そんなプライベートなことまで。

腹の奥から、じわり…、と熱いものがこみ上げてくる。

「つまり、俺への嫌がらせ、ということか？」

じっと、瞬きもせずににらんで言った成親に、藍原が肩をすくめた。

「そんなふうにとられるのは寂しいな。むしろ、サプライズと言ってほしいね」

「ふざけるな…！　遊びじゃないんだ…っ！」

低く吐き出すと、成親はいくぶん強引に和葉の腕をつかんだ。

「和葉、ちょっと来い…！」

メインホールの隅の方だったが、まわりが妙な空気に気づいたらしく、ちらちらと視線を感じる。さすがにこれ以上、注目を浴びるのは避けたかった。

「な…、成親…っ?」

引きずるようにされて、和葉があわててそばのテーブルにシャンパングラスをのせる。

成親はずんずんとそのままホールを出て、どこか人気のないあたり…、と探すが、やはりどこもかしこも人で溢れかえっている。

が、それでも重いガラス戸を押し開けて、裏庭へ続くウッドデッキの方へ和葉を引きずっていった。さすがに風も冷たいこの季節、屋外で話そうという物好きはいないようだ。

「離せよ…っ」

と、ぴしゃり、と手の甲をたたかれ、建物の陰になるあたりまで来てようやく成親は手を離した。

ハァ…、と知らず深いため息を吐き出す。

「どういうことだよ、これは?」

剣呑な口調で聞かれ、……和葉の疑問ももっともだとは思う。――が。

「それはこっちのセリフだ」

成親は疲れたようにうめいた。

まったく、こんなところで和葉の顔を見るとは思ってもいなかったのに。

「藍原さんとはおまえ、昔からの知り合いみたいだな…。どういう関係なんだ?」

聞かれて、不機嫌に成親は舌を打つ。

正直なところ、ちょっと複雑な話だった。今ここでしているヒマはないし、そんな状況でもない。

「たいした知り合いじゃない。とにかく、あの男には近づくな。今すぐ帰るんだ」

「たいした知り合いじゃないふうには見えなかったけどな。……まさか、藍原さんが捜査対象に挙がってるってわけでもないだろう?」

ちょっとうかがうように聞かれ、……どこか不安そうなのは、それが仕事に関わるからか…、あるいは藍原個人が心配なのか。

「残念ながら、そうでもないな」

成親は軽く肩をすくめた。

「俺に言いたくないことなのか?」

挑むようにまっすぐに聞かれ、ちょっと迷う。

「……おまえこそ、ただのクライアントにしちゃ、ずいぶんとプライベートにつっこんだ話をしてるみたいじゃないか?」

それをごまかすように、ちょっと視線を外して成親は口を開いた。

人には、顔を見せるな、とか言っておきながら、だ。考えてみれば、顔を見せずにどうやってかまえと言うんだ、という理不尽な気もしてくる。

「俺にかまってもらえない、って、あの男に泣きついたのか？」

思わず、そんな皮肉が口をついて出た。

「そんな…、そんなつもりじゃ…っ」

あせったように和葉が口走り、ふっとその表情が険しくなる。キュッと唇を噛み、何かを抑えこむように大きく息を吸いこんだ。

「……おまえこそ、ずいぶん優雅な身分じゃないか。女連れで昼間っからパーティーなんて」

ようやく気づいたようにじろじろと和葉が眺めてくるのは、いつになくぴしりとしたスーツ姿だからだろうか。まあ、和葉のところに行く時は、たいていよれよれになっている。

「そんなわけないだろ」

「ひょっとして仕事、なのか？」

吐き出すように言った成親に、わずかに声のトーンを落として、うかがうように確認してきた。

だが、成親も説明できることではない。立場からしても。

「おまえには関係のないことだ。いいから、おまえは今すぐ、ここから出ろ」

肯定も否定もしないまま、成親は和葉の二の腕をつかんでわずかに引きよせ、いくぶんきつめに言った。

このままここにいて、余計なことに巻きこみたくはない。和葉にも立場があるはずだ。

が、そんな命令口調に、和葉が不機嫌に眉をよせた。

「勝手な言い分だな。俺がどこにいようと、おまえに命令されることじゃないだろ？　せっかく藍原さんが連れてきてくれたんだし」

真っ向から言い返されて、さすがにムッとする。

「おまえのために言ってるんだろうがっ。仕事なら仕事でいい。だが、これ以上、藍原には近づくな」

「おまえにそんなことを言う権利があるのか？」

が、冷ややかに返された言葉に、成親は一瞬、ひるんだ。和葉の声が鋭く胸を貫く。

「権利って…」

思わず呆然とつぶやいた。そんな言葉が返ってくるとは思わなかった。

「おまえにとって、俺は何なんだ？」

まっすぐな眼差しで問い返され、声を失ってしまう。

「……まあ、そうだよな。昔の知り合いを紹介してもらえないくらいの、浅い関係みたいだからな…」

和葉が自嘲するようにかすかに笑う。

「だから、それは——……くそ…っ」

言いかけてやはり口ごもった成親に、さらに畳みかけるように和葉が続けた。

「おまえ、どういうつもりで俺とつきあってたの？　ていうか、俺たち、つきあってたのか？」

成親は何をどう言えばいいのか、混乱したまま、闇雲《やみくも》に首をふった。

「それは……、確かに時間がとれなかったのは俺も悪かったと思うけどな…。だが、今、この状況で、そんなヘビーな話題なのか？」

自分で軽く考えていたより和葉は深刻なようで、しかし今はそれを受け止めている余裕がない。時間も、気持ちも。

「和葉…、頼むから。今は帰ってくれ」

そう言うしかない成親を、和葉が冷ややかな目で眺めてきた。

「おまえはいつだって、そうやって適当になだめてればすむと思ってるんだよな…」

「和葉…？」

何か、あきらめたような口調でポツリ、とつぶやいた言葉に、成親はえっ？　と思う。

「藍原さんに口説かれたよ」

しかしさらりと続けられた言葉に、成親は大きく目を見張った。

「きっと大事にしてくれるんだろうな。おまえよりずっと大人で、ちゃんと俺の話すことを聞いてくれるし」

――あの男……！

いい知れない怒りが腹の奥から湧き上がってくる。

「ああ…、そうかよ。あの男の方が金もヒマもあるしな…！　おまえのためにきっちり時間も作ってくれるんだろうさっ」

冷静に話さなければ、と頭ではわかっていたが、知らずそんな言葉が口から吐き出される。

――いや、あるいはそれが、自分の中にある後ろめたさ、だったのかもしれない。

和葉にしてやれないことへの。

一瞬、和葉の顔がヘンなふうに歪《ゆが》んだ。怒ったような、泣き出しそうな。

そして次の瞬間、震える声で和葉が叫んだ。

「おまえは……、おまえはそれでもいいんだよな…！　しょせん、おまえにとって俺はその程度の男なんだろうし…っ」

「おまえ…、なに……」

とまどった成親に、和葉がいきなり腕を伸ばしてくる。そして、ぐいっ、と成親のネクタイを引っつかんだ。

「な…、和葉…!?」

何だ、と思った時は、和葉の顔が近づいてきて――次の瞬間、キス、されていた。

一瞬、頭の中が真っ白になる。

もちろん、キスの経験は何度もある。三十も近くなって、驚くようなことではない。

が、こんなふうに奪われたのは初めてだった。

しかも、和葉からされたのは初めて——だと思う。

熱い吐息が肌に触れる。

せがむように舌がからんできて、成親は反射的に和葉の背中を引きよせようとしたが、いきなり胸を押すようにして突き放された。

「か、和葉……？」

意味が、まったくわからなかった。

呆然とした成親を眺め、和葉がかすかに唇だけで笑う。

「どうせ、やりたいのは俺だけなんだしな…」

そうつぶやくように言うと、和葉はくるりと背を向ける。

——まさか、別れのキス、ってわけじゃないだろうな……？

そんな思いにスッ…と背中が寒くなる。

「おい、和葉…！」

思わずその肩に手をかけて引きもどそうとしたが、ぴしゃり、とふり払われた。

「ヘビーな話し合いをしてるヒマはないんだろ？」

肩越しに冷静に言われ、返す言葉もない。

「帰るよ。邪魔するつもりはないし」

それだけ言うと、和葉は後ろも見ずに建物の中へと入っていった。

その背中を、成親は呆然と見送るしかなくて。

しばらくしてようやく息をすることを思い出したように、額に手をやって長いため息をついた。

——確かにほったらかした自分の責任かもしれないが……。

無意識に小さく唇を噛む。

藍原——か…。

あの男なら、確かに和葉の仕事に理解もあるだろうし、そつなく和葉のわがままにつきあってもやれるのだろう。和葉の才能を世に広める方法も知っているし、その手段もある。

そう。あの男が言うように、実際、和葉にとっては自分よりずっと——プラスになる男なのだ。

「くそ…っ」

成親は思わず、そばの壁に拳をたたきつけた。

理性でそれがわかるだけに……腹立たしい。では何が自分にできるのか、と思うと。

これだけすれ違っていれば、和葉のグチを聞いてやることも、ストレス発散を助けてやるようなことさえできない。

……黙って身を引くことだけ、だろうか？　自分にできるのは。

だがそれは——嫌だった。単なるわがままか、独占欲だったとしても。

十年前は、手を伸ばすことさえためらった。

十年たってようやく——腕の中に抱きしめられたのに。

と、その時だった。

「……痴話ゲンカなの？」

いくぶん冷やかすような、笑みを含んだ声がふいに耳に届いた。

ハッと顔を上げると、建物の陰から派手な衣装の女が姿を見せる。

「あなたは…」

夕森瑞江だった。成親たちがマークしているデザイナー。

和葉のあとを追ってきていたのだろうか。

成親はわずかに身体をずらし、彼女の肩越しに角から建物の方へちらっと視線をやると、一面のガラス扉のむこうに由利が立っている。

目が合って、成親はかすかにうなずいた。……あとはこっちでフォローする、と。

「まさか。男同士ですよ」

夕森が自分に用はないはずだが、まさか勘づかれたんだろうか…、と用心しつつ成親は何気ないふうにさらりと流した。

ひょっとして途中から立ち聞きしていたのかもしれないが…、さっきの和葉との会話なら自分の身分について決定的なことは言っていなかったはずだ。

「あら。うちの業界には多いわよ」

あっさりと言われて、成親は肩をすくめた。

そういえばそうかもしれない。イメージだけだが。

「女連れはまずかったわね…」

くすくすと笑われて、成親はいくぶん苦い顔をして見せる。

どうやら、成親が女と浮気をして痴話ゲンカ――と理解しているようだ。それプラス、他の男連れの和葉にキレた、と思われているのか。

「こんなところで会うとは思わなかったんでね」

ちょっと吐き出したため息は本物だ。

「和葉ちゃん、素直だからすぐに顔に出るものねえ…」

笑いながら言われて、……まあ、確かにそうだ。

「お名前を聞いていいかしら?」

「成親と言います。デザイナーの夕森先生ですよね。和葉とは知り合いなんですか?」

そんなふうに尋ねた成親に、女が微笑んでうなずいた。

成親はもちろん、初対面と言えるはずだったが、この女からすれば、成親が自分の顔を知っているのは当然、という感覚はあるかもしれない。まあ、有名人だ。

「今ちょうど、映画の仕事で一緒なのよ。あの子が劇伴で、私は衣装の方」

「ああ…、なるほど」

と、成親はうなずいた。

「和葉ちゃん、怒って帰っちゃったかしら。いいところで会ったから、ちょっとつきあってもらおうかと思ってたんだけど」

いくぶん意味ありげに言った言葉に、成親はわずかに眉をよせた。

「これからどこか行くんですか？　パーティーのかけ持ちとか」

それでも何気ないふうに尋ねる。

「いい遊び場があるのよ。友達を一人、紹介するように頼まれててね。最近稼いでるみたいだし、和葉ちゃんならちょうどいいかと思ったんだけど」

女のそんな言葉に、成親はそっと息を吸いこんだ。わずかに腹に力をこめる。

「へぇ…、いい遊び場ですか。じゃあ責任をとって、代わりに俺が先生をエスコートしましょうか？」

なかば冗談めいて言った成親に、女が探るような眼差しを向けてくる。

「お金のかかる遊びなのよ」

「金、ねぇ…」

成親は肩をすくめた。ポケットからタバコをとり出して、一本口にくわえる。

「あなた、仕事は？　何をしているの？」

タバコに火をつけた成親に、調査するように女が尋ねてくる。

「会社員ですよ」

それにあっさりと成親は答えた。そして、何気ない調子で続ける。

「オヤジが土建屋でね。しばらく海外に飛ばされてて、帰ってきたところなんですよ。でも本社勤めじゃ、兄貴がうっとうしくて」

「お兄さん？　同じ会社なの？」

「専務なんです」

首をかしげた女に、さらりと成親は答える。

あら…、と夕森が瞬きした。

成親の年齢から推し量って、兄が専務、さらに兄弟で同じ会社、とすれば、成親がその会長だか社長だかの息子だ——という想像がつくだろう。

まあ、もともとこのパーティーに呼ばれているのは、著名人でなければそういうボンボンが多い。

「そう…、建設業ね」

そして、何か思案するようにつぶやく。海外に支社があるような、大手のゼネコンでもイメージしているのか。

「お兄さまと仲が悪いの？」

「腹違いなんで。愛人の子、ってことですよ。認知はされてるけど、オヤジの名前も使ってないし。ま、その分、後ろめたいのか、オヤジは小遣いだけは好きなだけくれますよ。おかげでしばらく海外を遊び歩いてたんですけど、いいかげん呼びもどされて、……少しは仕事を覚えろってね」

すらすらとそんなセリフが口をついて出る。

金持ちにつきあいの広そうな女だ。成親、という名前に心当たりがなくとも、母親の名字なら知らなくても納得はできるはずだった。

「海外？　悪い遊びをいろいろと覚えたわけね」

察したように微笑みながらうなずいた女を、ちらっと成親は横目にした。そしていくぶんうかがうように、小ずるい笑みを浮かべて尋ねてみる。

「ひょっとして金のかかる遊びって……、クスリ関係ですか？」

「いやねえ…、まさか。そんな危ないモノ、やるわけないでしょ。私を誰だと思ってるの」

ころころと笑うようにあっさりと言われて、チッ…、と成親は舌を弾いてみせる。

もちろん、それはわかっていた。少なくとも、この女が関わっているのは賭博の方だけなのだろう。だが麻薬関係を持ち出すことで、この女の警戒心を下げることはできる。

成親がドラッグをやったことがある――、と思わせれば、賭博へ誘わせることも容易なはずだ。

「もっと安全で、楽しい遊びよ」

――安全、かねぇ……。

内心で小さくつぶやき、大きく煙を吹き出して成親はいかにも気だるげな調子で言った。

「本当に楽しませてくれるんなら、それなりのものは出してもいいけどね…。日本へ帰ってくるとつまらないことばっかりだ」

「……いいわ」

にっこり笑って、女が言った。

「じゃあ今から抜けて、大丈夫？　もう始まってると思うから」

そっと成親の腕にいくつも指輪のはまった手をおいて、耳元でささやくように言う。

「いいですよ」

足下に捨てたタバコを踏み消しながら、成親はうなずいた。

「入りましょう。ここ、寒いわ」

そう言うと、派手なドレスの裾を揺らせながら女は本館の中へともどっていく。成親もそのあとに従った。

どうやら、あんなところで男同士、痴話ゲンカをやらかしているのが刑事だとは思ってもいないようだ。

和葉の存在もうまく転んだわけだが…、しかし。

――まったく、あいつも危なっかしいな……。

内心で思わずため息をつく。

とはいえ、まわりが派手なのは和葉の責任ではないのだろうが。

と、ガラス扉から中へ入ったところに、由利がどうしたらいいのかわからないように立っていた。

「……ああ、すみません。彼女をタクシーに乗せてきます」

「当然ね」

成親がそう断ったのに、くすくすとおもしろそうに女が笑う。

「一応、婚約者なんで放り出すわけにもいきませんしね。銀行家の娘なんですよ。面倒なことになるとまずい」

もっともらしいそんな言葉に、女がおっとりとうなずく。

「ロビーで待っているわ」

成親はいったん夕森のもとを離れ、由利に近づいていった。

「ちょっ…、成親さん！　どういうことですか…？」

あせった顔で、小声で尋ねてきた由利の腕をとって玄関の方へ向かいながら、成親も低い声で端的に説明する。

「オバサマが危ない遊び場へ誘ってくれたよ」

「えっ、マジですか」

へー…、と、感心したように由利がうなった。

「成親さんの方が女たらしのケがありますよねー。もっともオバサマキラーなのかもしれないですけど」

「やかましい…っ」

余計な一言が多い部下にうなり、成親は玄関先で軽く顎をふって指示を出す。

「外の連中と合流しろ。突入の準備をしとけ。現認したら連絡を入れる。……ああ、携帯はおまえのとつなぎっぱなしにしておこう」

「了解です」

それでも真剣な面持ちで、由利がうなずいた。

「気をつけてくださいよ」

「ああ」

携帯をとり出して回線をつなげると、電源は切らないままにポケットにもどす。

ポン、と肩をたたいて、成親は中へもどった。

通りすがりにさりげなくあたりを見まわし、和葉の姿を捜してしまう。目につくところにはいなかったが、素直に帰ったかどうかはわからない。

二、三人、他の容疑者をマークしているらしい同僚の姿も見かけ、すれ違い際に視線で合図を送っておく。おそらく外の由利から、彼らにも連絡は入るだろう。

ロビーへもどると、素早く話し相手を見つけたらしく、あいかわらずにぎやかな夕森の甲高い声が響いていた。

これだけ目立つ人間が…、と思うが、存在が派手だとかえってやっていることが目立たないのかもしれない。賭博に対して「犯罪」という、本人の認識が薄いせいもあるのだろう。

「——ああ、来たわね。行きましょ」

成親の姿を見つけ、オーバーなアクションで成親の腕に自分の腕をからめてくる。

まわりが苦笑しているのは、また若いツバメを見つけたのか、という感じなのだろうか。

「チャペルのむこう、別館なのよ」

共犯者の笑みを浮かべ小声で言った女に、成親もうなずいた。

「楽しみですよ」

ポケットの中の携帯にも届いているはずだ——。

※

※

帰ろう…、と和葉《かずは》は思った。

何か——あるいは誰か、捜査中であれば、成親《なるちか》の仕事の邪魔はしたくない。

藍原《あいはら》が和葉を今日、ここに誘ったのは、やはり成親に会わせるため、だったのだろうか…。

二人は知り合いのようだが、藍原はどういう関係なのかは教えてくれなかった。

ずいぶんと思わせぶりだったが、そのうちわかるよ、と、はぐらかされるばかりで。

……まさか、藍原が犯罪者だとか容疑者だとかいうわけではないと思うが。まあ、成親も、違う、とは言っていたし。

ハァ…、と和葉はため息をつく。

成親に会って、言いたいことはいっぱいあった。結局、子供みたいにわめくだけだったけれど。

和葉にしても、こんなところで会うとは思っていなかったのだ。心の準備も何もない。

あれで成親が自分のことを、めんどくさいヤツだな…、とでも思えば、きっと、もう部屋には来ない。

案外、その方がいいのかもしれない……、と思う。しばらくは引きずってしまうだろうけど。

ともかく、藍原に断ってから先に帰ろう、といったん和葉はホールへ向かいかけたが、そういえば、と思い出した。

ここのチャペルには大きなパイプオルガンがあるというのを、パーティーで誰かと話していて聞いたのだ。

できれば見せてもらいたいな、と思っていた。

楽器とは言っても、さすがにパイプオルガンくらいになると大きすぎて、自分で家に持ちこめるものではない。ある場所も限られているし、こんな機会でもなければ、なかなか触れることもできないだろう。

どっちだろう、と思いながら、いくつか扉を抜け、ようやくガラス戸のむこうにチャペルらしい特徴的な建物を見つける。

本館とはアーケードのような屋根のある渡り廊下でつながっているらしく、しかし戸外を少し歩かなくてはいけないせいか、さすがに人気がなかった。

手すりのついた石段を登り、勝手に入っていいかな…、と思いながらも、そっと白塗りの扉に手をかけてみる。

ギィ…ッ…と軋《きし》んだ音を立てて扉が開き、和葉はそっと中へ足を踏み入れた。

さすがにパーティー会場として使われていないチャペルは暖房も入っておらず、それでも外よりは少しマシなくらいだ。

結婚式場のチャペルだけに宗教的な色は薄そうだが、それでも整然と並んだベンチイスが神聖な雰囲気を作っている。

そして、正面のパイプオルガン――。

和葉はベンチの間の通路――式の間はバージンロードになるのか――をゆっくりと歩いて、息をつめるように近づいていった。

大聖堂あたりならともかく、こんなチャペルにあるものとしては、かなり大きな方だろう。

金色のパイプが高く天井近くまで伸び、空間を圧倒している。

部外者が勝手に触れていいはずはない。いろんな調整もメンテナンスも必要な楽器だ。

そう思いながらも、和葉はオルガンの前の長いイスに腰を下ろし、そっと鍵盤《けんばん》に指をのせてみる。

パイプオルガン自体は、何度か弾いたことはあった。

これで成親に本格的なバロックアレンジの「ねこふんじゃった」を聴かせてやったらおもしろがるかな…、と、ふっと頭に浮かんで、思わず口元で笑ってしまう。

今度、藍原からオーナーにでも頼んでもらおうか…、と無意識に考えている自分に気づいて、ハッとした。無意識にぎゅっと指を握りしめる。

成親とは……もう。

もう和葉の演奏を聴かせることはないのかもしれない……。

「ヘビーな話題、か…」

ふっと小さく、和葉はつぶやいた。

成親にとってはそうなのだろう。重い、わずらわしい話だ。和葉との関係など。

そう思うと、身体の内側から何かが軋むような気がして、思わず自分の腕をつかむ。

何が悪かったんだろう…。どうすればよかったんだろう…、と思う。

ただ…、そばにいてほしかっただけだ。何をしてほしい、ということではなく。

そばにいると……感じさせてほしかった。

――いられない時間の方が長いから、よけいに。

こないだみたいに…、ただの義務みたいに抱いてほしかったわけじゃない。

身体だけを望んでいるわけじゃなかった。

でもそれも、自業自得なのかもしれないな……。

ふっと、和葉は自嘲《じちょう》気味に笑う。

再会した時、そんな言い方をしたのは自分だった。

身体を満足させてくれればいい。気分転換になればそれでいい――、と。

今さら……、それ以上を望むのは自分勝手なのだろう。

あんなふうに怒る権利はなかったのだ……。

「……ああ、やっぱりここにいたんですね」

と、ふいに聞こえた声にハッとふり返ると、チャペルの扉のあたりに藍原が立っていた。

パイプオルガンの話を聞いた時には藍原もいたので、察しをつけたようだ。

「あ…、すみません。勝手に入って」

和葉はあわてて立ち上がり、扉の方へ歩いていった。

「僕にあやまらなくても」

おもしろそうに言われ、……まあ確かに、藍原の持ちものでもないわけだ。ただ和葉が何かすれば、連れてきた藍原の責任にもなるのだろう。

「成親と少しは話せたかな?」

やわらかくそんなふうに聞かれて、ええ…、とため息混じりに微笑《ほほえ》む。

話せた――とは言えるだろう。結果がどうあれ。

「もう本当にダメかもしれませんね…、俺たち」

あえてさらりと、和葉は言った。

「なんか…、いろいろ信用されてないみたいだし」

藍原のことを説明できないのもそうだし、……それに、そう。成親は自分が節操もなく、誰にでも甘えかかっているように思っているのかもしれない。

『俺にかまってもらえない、って、あの男に泣きついたのか?』

そんな言われ方をするとは思わなかった……。

自分で口にして、ふいに悔しさがこみ上げてくる。ぐしゃ…、と指が無意識に前髪をつかんだ。

胸の奥を刺すような痛みと、息苦しさ。

「……ひょっとして、僕のせいかな？　だったら申し訳なかったな…。あいつを挑発しすぎたかもしれない」

藍原がいくぶん渋い顔で顎《あご》を撫《な》で、低くうなるように言う。

「いえ…、別に藍原さんのせいじゃ」

和葉は首をふった。

むしろ、藍原を引き合いに出して挑発したのは自分だった。

「何て言うのかな…、合わなかったんですよ、俺と成親は。おたがいに必要なものを相手が持っていなかった…、っていうのかな」

ため息をつくように和葉は続けた。

「必要なもの？」

和葉の言葉に、藍原が首をかしげる。

「俺は…、多分、もっと時間がほしかったんでしょうね。実際、かまってもらいたかった、っていうか」

本当に子供みたいだけど。

「でも成親が欲しかったのは…、安らぎ、かな…。リラックスできる場所みたいなもんじゃないかと思うんです」

楽な気持ちでつきあえる相手。仕事のストレスを発散できる相手。……それを受け止められる相手、だ。

和葉には無理だった。自分の面倒さえ、まともに見られないのに。

それはそうだ。誰でもこんなふうに手のかかる恋人より、ホッ…と安らげる相手がいいに決まっている。

やはり自分は、恋人には向かない男なのだろう。セックスフレンドや、たまの遊び相手ならともかく。

「俺…、昔から本当に恋愛がヘタなんですよ。いつでも気づくのが遅くて」

なくしてから、ようやくわかるのだ。

肩で大きく息をつき、和葉はかすかに笑った。

「こんなんで、よくラブソングなんか創《つく》ってると思いますけど」

もっとも、それに気づいたとしても、自分が成親に与えられるものがなければ同じなのだ。

同じことのくり返し――。疲れるだけだ。

そして、おたがいを傷つけるだけ。

「……君も、それにあいつも、二人とも恋愛がヘタだとそんなことになるのかな」

と、くすくすと笑うように藍原が言って、和葉はふと顔を上げた。

「そんなに難しく考えることはないと思うけどね。……そう、もうちょっとあいつを信じてやってもいいんじゃないかな」

「藍原さん……？」

思いがけない男の言葉に、和葉はちょっととまどう。藍原がじっと、その和葉の顔をのぞきこんできた。

「どうしてあいつに必要なものを君が持ってないと思うの？」

「それは……」

やわらかな口調で、しかしまっすぐな視線で問われて、和葉は口ごもる。

「君がそれを持ってるから、あいつは君に惹《ひ》かれたんだろう？」

「……どうでしょう」

和葉はその視線から逃れるように、無意識にうつむいた。

チャペルのベンチを飾っている純白の花が目に入る。

「成親が俺のことを、どう思ってるのかはわかりませんし」

単に都合がいい男とだけ、思っているのかもしれない。

「そうだね。相手の気持ちはわからないから、難しいんだろうけど」

苦笑するように、藍原がつぶやく。

「じゃあ、和葉さんはどうなのかな？」

さらりと聞かれ、ハッと、和葉は息を呑《の》んだ。

——自分……？

「自分の気持ちだったら、まだわかるでしょう？　……まあ、本当は自分の気持ちだって難しいとは思うけど、でも和葉さんが成親に惹かれたんなら、あいつもあなたにとって必要なものをちゃんと持っているということだと思うけどね」

「あ……」

今の和葉に必要なものを——成親が持っている……んだろうか？

「成親だけが持ってるんだよ。そうじゃなかったら、僕とつきあってもかまわないはずだ。僕なら成親より君をかまってあげられるし、君の仕事をサポートもできる。成親よりずっとものわかりのいい、分別のあるイイ男だと思うけど？」

そんなふうに言われて、和葉は思わず微笑んでしまう。

笑いながら、なぜか涙がにじみそうになった。

だが本当に——そうだ。

成親よりずっと、藍原の方がいい。そんなことはわかっていた。

それでも、藍原を選べないのは——。

「和葉さんの悪い癖は、あきらめるのが早すぎるってことじゃないかな。恋愛についてはね」

そんな静かな言葉が胸に痛かった。

……恐いのだろう。深入りして、傷つくのが。

だから、傷が浅いうちに引こうとする。

ハァ…、と天井を仰ぐように大きく息をつき、和葉はぱたん…、とそばのベンチシートに腰を落とした。

「どうしたら……、うまく恋愛ってできるんでしょうね……?」

知らず、そんな言葉がこぼれ落ちる。

「うまくやる必要もないと思うけど」

藍原が小さく笑った。

「自分の気持ちを信じることだと思うよ。それと、相手を信じてあげることじゃないかな。……まあ、人に偉そうに言えるほど、僕も経験があるわけじゃないけどね」

「藍原さんは恋愛上手に見えますよ」

ふっと顔を上げて、和葉はちょっとうらやましく男を眺める。

藍原なら迷うこともなさそうで。

やはりそれも、性格的なものなのだろうか。仕事のやり方にも共通しているように思う。

「僕はそれ以前のところでつまずいている気がするけどね」

が、藍原は軽く肩をすくめた。そして続ける。

「それと、言いたいことはちゃんと口に出さないと。特にあいつは鈍いから、察してほしい、なんて無理だよ」

ずいぶん、言いたい放題言っているようで、和葉はちょっと笑ってしまった。

不思議な感じだった。どういう関係かは知らないが、藍原と成親とは決して仲がいいようには見えないのに。

「なんだか、おかしいですね。藍原さん…、成親とは仲が悪いのかと思ってました」

「そんなによくはないんだけどね…。まあ、おたがいにわだかまりがあるというか」

それにちょっと、指先で頬《ほお》をかいて藍原が視線をそらす。

――わだかまり…？

その言葉に、和葉は首をひねった。

まさか昔、一人の女――か、男をとりあった、とか言うんだろうか？

ふと、そんな下世話な想像をしてしまう。

おたがいの性格を知るくらい、ずいぶんと親しいようで、しかし同じ学校の先輩後輩、というにも、少し年が離れているような気がするのに。

やはり、藍原も自分たちの関係を和葉に言う気はないらしい。それでも、藍原が説明してくれないのは、それほど腹は立たなかった。

やっぱりそれが、藍原と成親の違い――なのだろう。

成親に腹が立つのは、知りたいと思うからだ。成親のことを。

「――あ。僕もちょっと、近くで見てこよう」

思い出したように言って、藍原が天井に届くような太いパイプを見上げながら、ものめずらしげにパイプオルガンへ近づいていく。

その背中を見送ってから立ち上がると、和葉は反対に扉の方へと向かった。

少し、外の冷たい風に当たりたくなって。

――頭を冷やして、もう一度…、成親と話してみよう、と思う。

もっと会いたいのだ――、と、素直に言えるかはわからないけど。

和葉はそっと息をついて、ポケットの携帯を手の中で確かめた。

自分から成親に連絡をしたこともなかったけど…、いつなら電話していいんだろう?

そんなこともわからない。

でも多分、今日は無理なのだろう。成親は仕事で来ているようだから。

メールを入れておけばいいんだろうか。でも、何て?

電話しろ――、とか。そんな素っ気ない文になりそうだ。

と、そんなことを考えていた時だった。

ふいに、それに気づく。

何か……空気がおかしかった。

ざわざわと、足音…、というのか、人の話し声、なのか。時折、怒鳴り声のような、悲鳴のようなものも聞こえた気がして、和葉はわずかに眉をよせる。華やかなパーティーにはそぐわない、騒然とした空気だ。

何だろう…、とあたりをぐるりと見まわすと、どうやら小道を挟んでチャペルの横に建つ別館の方から聞こえてくるようだ。

和葉は何気なくチャペルの石段を下り、そちらへと視線を投げる。

本館からはずいぶんと離れているが、そちらもパーティー会場になっていたのだろうか。歩いていくとすればちょっと遠くて、寒いんじゃないかと思うが。

――と、その入り口あたりから、バラバラッと何人かの男が走ってくるのが見えた。

逃げてくる者と、それを追いかけている者――の中には制服の警察官もいるようで、さすがに和葉は目を見張った。

――いったい……？

呆然とそれを見ていた和葉だったが、ハッと思いつく。

そうだ、成親――。

何の騒ぎなのかまったくわからなかったが、成親も関わっているのは間違いないだろう。

と、立ちつくしていた和葉の目の前に、ザッ…、と植木を突っ切るようにしていきなり血相を変えた男が走りこんできた。

三十なかばくらい。招待客だろうか、高級そうなスーツ姿だったが、タイは曲がり、目は血走っていて、どう見てもまともな状態ではない。

知らない男だ、と一瞬、思ったが、よく見れば、今日のパーティーで藍原に紹介された男の一人だった。

確か——渕上敦也《ふちがみあつや》。今日の新年会の主催者であるホテルグループの跡取り息子、のはずだ。

「渕上さん…？」

いったい何があったんだ？　と思いながら口を開いた和葉に、男がやっと気づいたように大きく目を見張った。

「おまえ……」

そして、ハッ、と後ろをふり返る。

「おいっ、待て！」

「逃げても無駄だぞっ」

気色ばんだそんな声が背後から響いてくる。

ようやく和葉は、渕上が追われる立場なのだ、と気づいた。

だが、理由がわからない。このゲストハウスは、渕上の一族が所有しているのだ。その中で自分が追われるというのは…？

再び向き直った男と、正面から目が合う。恐怖と不安に引きつった表情だった。

その追いつめられた目の色には——覚えがあった。

年末の事件。天坂夕斗《あまさかゆうと》と同じ目の色、だ。

じりっ、と反射的に和葉があとずさった瞬間、男が飛びかかるようにして和葉の腕をつかんだ。

「おい！　きさま、何を……！」

「和葉……！」

聞き慣れた——しかしせっぱつまった声が遠くから聞こえたと思った時には、和葉の喉元《のどもと》に短いナイフが押しあてられていた。

「あ……」

ひやり、とした感触に、和葉は思わず息をつめる。一気に体温が下がるようだった。

「やめろっ、渕上！」

正面で何かにぶつかったように立ち止まった男が叫ぶ。

そして、息を弾ませた成親が。

その姿に、和葉は大きく息を吸いこむ。

成親——。

「近寄るなっ！」

耳元で渕上がヒステリックに叫んだ。

顔色を変え、成親が息を呑むのがわかる。和葉と視線がからみ合った。

「和葉さん…!?」

さすがに騒ぎが耳に入ったのだろう。チャペルの中から出てきた藍原が、驚いたような声を上げた。

ちらっとそちらに視線をやり、成親が短く舌を打つ。

「大丈夫だ。和葉…、動くなよ」

静かに言われた言葉に、和葉はようやく息を吐いた。

その声だけで——真っ白になっていた心の中が、ガタガタと震えていた身体が冷静に、落ち着いてくる。

——大丈夫だ……。成親がいる。

あの時も、そうだった。……多分、いつでも。

「渕上…、おまえ、今さらそんなことをして何になる?」

あえて、だろう、ゆったりとした調子で成親が口を開いた。

「傷害の方がよっぽど罪が重いぞ」

「黙れ…っ!」

荒い息をつきながら、渕上がわめく。ぶるぶると指の震えがナイフに伝わって、その刃先が和葉の喉に当たってくる。

「こ、こんな……警察沙汰《ざた》になったら……、オヤジに知れたら……俺は……」

ぶつぶつと男は独り言のようにうめく。

すでに何もかもが手遅れだということに気づいていない――いや、認めたくないのだろう。

ゴクリ…、と和葉は唾《つば》を飲み下した。

「渕上さん…、あなた……何をしたんですか……？」

薄い刃物の下で、和葉はそっと尋ねる。

「人殺しより…、ひどいことなんですか……？」

「黙れって言ってるだろっ！」

耳元で男ががなり立てる。握りしめたナイフを、威嚇するように和葉の目の前に突き出して見せた。

「何もしてない……、俺は何もしてないだろう…っ！　悪いことは何もっ！」

そして泣きそうな声で、なかば訴えるように叫ぶ。

「あれだけ大規模に賭場《とば》を開いといて、何寝言を言ってんだ……」

あきれたように、成親の横で別の刑事らしい男がうめいた。

――トバ…？

しかし和葉には、その意味がわからない。

その同僚を押しのけるようにして、成親が一歩、近づいてくる。

すっ…、と伸ばした腕は男へか。それとも、和葉にだろうか。

「成親……」

かすれた声が、和葉の唇からこぼれ落ちる。

心臓の音が耳に届きそうで。強張《こわば》った、見たこともないほど恐い表情が、目の中に刻みこまれる。

「きさま…、和葉に傷一つつけてみろ…。警察沙汰にする必要はない。この場でぶっ殺すぞ…！」

低く、押し殺した声で、およそ警察官とは思えない暴言を吐き、成親がさらに一歩、足を踏み出した。

その言葉に、胸が……まぶたが痛くなる。

どうして……信じられなかったんだろう、と思う。この男を。

「く、来るな…！」

血走った目で男が叫んだ。白く指の色が変わるほど強く握りしめたナイフを、とっさに成親の方へ突き出す。

——と、同時だった。

「成親さん…！」

部下だろう、男がせっぱつまった声で叫ぶ。

大きく踏みこんだ成親の手が、男のナイフにつかみかかった。ひねり上げるようにして自分の腰の方へ腕を引き、同時に和葉の身体は思いきり突き放された。

「……っ…っ……！」

「くそっ……！　離せっ！　このやろうっ！」

勢いに押されるようにわずかによろめいた和葉は、しかし男の叫び声にハッと向き直る。

「成親……！」

もみ合う二人の姿に血の気が引く。

視線が四つの手で奪い合うナイフに吸いよせられ、とっさに和葉は手を伸ばす。

「来るな！」

しかし成親に一喝され、思わず息を呑んだ。

「成親さん……！」

「渕上っ！　もうやめろっ！」

それでもすぐに応援にきた男たちに左右を挟まれ、渕上の身体はあっという間に地面へ押さえこまれていた。

「ちくしょうっ！　離せって言ってるだろっ！」

「おとなしくしろっ！」

バタバタと何人かが組み合うむこうで、成親が険しい表情のまま混乱を避けて身を引いているのが見える。

無事な姿に、和葉はホッ…、と息をついた。

「確保しました…！」

報告する声。

それにうなずいた成親が、ようやく和葉に向き直り、ゆっくりと近づいてくる。

「成親、おまえ…！」

と、その手のひらから血が滴《したた》っているのに、和葉は思わず声を上げた。

「ああ…、大丈夫だ。そんなに深くない」

言いながら、成親は血を払うように軽く手をふった。

「こういう場合は、やーさんの方が往生際がいいんだよな…。場慣れしてるし。ヘタに抵抗して罪状増やすより、素直に賭博容疑くらいで収めた方がいいってわかってるしな」

むしろ和葉を落ち着かせるように言って、成親が笑ってみせる。

「素人さんほど、危ない」

それでもポケットのあちこちを探している様子に、和葉は自分のハンカチを引っ張り出して、その手のひらに押しつけた。

血を拭《ぬぐ》うと、一直線に皮膚が裂けているのがわかり、和葉は思わず息を吸いこむ。

あのナイフを……素手で握ったのだ。

和葉に向かないように。

「バカだろ…、おまえ」

傷口を押さえるようにしてぎゅっと成親の手を握ったまま、和葉はにじみ出すような声でうめいた。

「バカはおまえだ」

しかしそれに、成親が憤然と言い返してくる。

「だからさっさと帰れって言っただろう！」

「帰ろうと思ってたよ！」

頭ごなしに言われて、その勢いのまま、和葉も言い返していた。

しばらく、おたがいににらみ合う。

それでも先に引いたのは、成親だった。

「だいたいなんでおまえ、こんなにしょっちゅういろいろと巻きこまれるんだよ…」

ハァ…、と肩を落とし、成親がなかばあきれたようにうなる。

「おまえと会うまでは、人生、平和だったけどな…」

和葉はいったんハンカチを広げ、成親の手のひらに巻き直しながらむっつりと言った。

まったく、考えてみれば、成親と再会してからしょっちゅう危ない目に遭《あ》っている気がする。

が……しかしそれは、卵が先か、ニワトリが先か、というのに近いのかもしれない。

ふっ…、と成親が吐息だけで笑う。そっともう片方の手が伸びてきて、さらり、と和葉の髪を撫でる。

「……もう俺がいないと、安心して毎日生活できないぞ?」

探るような…、誘うような言葉。

胸の奥がむずむずする。

「疫病神みたいな気もするけどな」

きゅっ、とハンカチの端を固く縛りながら、それでも和葉は無愛想に鼻を鳴らす。

「ひどいな」

成親がかすれた声で笑った。

別館の方からは大勢の警察官やら、それにつきそわれて――というか連行されて、だろうか
――何人かの客たちが外へ連れ出されている。

「ちょっと、あんたたち! 何のつもりなのよ!」

聞き覚えのある、とがった女の声。

――夕森先生も……?

「何の捜査だって?」

思い出して、訝《いぶか》しく尋ねた和葉に、違法カジノ、と短く成親が答える。

そういえば、夕森先生はよくラスベガスへも遊びに行っていたな…、と思い出す。そんな感覚で日本でもやっていた、ということだろうか…。豪勢な話だ。

どうやら他の招待客たちも騒ぎに気づいたらしく、野次馬《やじうま》よろしくざわざわと集まり始めていて、何人もの警察官がその誘導に当たっていた。

「和葉さん…！」

と、藍原がチャペルの方から走りよってきた。

「大丈夫でしたか？　――ああ…、良司《りようじ》」

横の成親に向き直って、そっと息を吐いた。そしてわずかに眉をよせる。

「おまえもずいぶん無茶をするな…」

が、それには答えず、まるで藍原の言葉も聞こえていないように、成親が包帯代わりにハンカチを巻いた手を二、三度握ったり、開いたりする。具合を確かめるみたいに。

そして――。

「そうだな…、誰かにこの責任をとってもらいたいと思えばな……――きさまの責任だろ…！」

ふり向きざま、その拳が藍原の顔にたたきつけられる。

「成親…！」

さすがに驚いて、和葉は声を上げた。

まったく手加減もしなかったようで、藍原の身体はそのまま地面へふっ飛ばされる。

いきなりのことに、一瞬遅れて、あたりからもどよめきが上がった。きゃあっ！　と女の甲高い悲鳴が響く。

「今日のことがわかってて和葉を連れてくるってのは、どういうつもりだっ!?」

「おい、成親…! よせ…っ」

思わず、和葉は成親に腕を伸ばした。

しかしそれもふり払い、地面に投げ出された藍原の胸倉をつかみ上げるようにすると、さらに成親が罵声《ばせい》を浴びせる。

「藍原さんっ! ――成親、おまえ、やめろって!」

「ちょっ…、管理官…!?」

和葉は強引に二人の間に割って入り、同僚らしい男もあわてて成親を背中から引きもどすようにする。

「おい…、君っ! 警察官じゃないのかねっ!?」

「無関係な人間にそんな暴力を…!」

それを目にしたまわりからも、驚いたように非難の声が上がっていた。

成親の暴挙からすれば、当然だろう。訴えられれば、確実に非は成親にある。

「……いえ、なんでもないんですよ」

しかしようやく起き上がり、汚れた頬を手の甲で拭いながら藍原は穏やかに言った。

「ただの…、兄弟ゲンカですから」

――え……?

その言葉が耳に入った瞬間、和葉は大きく目を見張った。

――兄弟…？

反射的に成親と、そして藍原の顔を見比べてしまう。似たところはあまりないが…、それでも言われると口元のあたりは似ているだろうか。

だが、名字が違うのは…？

顔をしかめながら、ようやく藍原が成親に向き直る。

「初めておまえに殴られたな…。昔からずっと、僕を殴りたそうな顔はしていたけどね」

そして頬を押さえたまま、かすかに笑うように言った。

その言葉に、あいかわらずムッとしたように成親が顔をそむけた。

「少しはすっきりしたか？」

冷静な分、やはり藍原が大人に見える。

それに、ふん…、と成親が鼻を鳴らした。

和葉は知らず長い息を吐く。自分が何をした、というわけではないのに、和葉もなぜか少し、すっきりとした気分だった。

身体の中にたまっていたもやもやしたものが晴れたような。

成親にかまってもらっている、という安心感、だろうか。贅沢《ぜいたく》だな…、とちょっと笑いたくなる。

贅沢で、わがままで。

あんな……大きな傷をつけてまで確かめるようなことじゃないのに。

「貴重な情報提供者にたいして、ずいぶんな扱いだな」

いくぶんからかうように続けた藍原に、成親は肩をすくめて辛辣《しんらつ》に指摘した。

「今日のメンバーの中に、誰か逮捕してほしいヤツでもいたんじゃないのか？」

藍原はそれには答えず、にやりと笑っただけだった。

どうやら今日の摘発は、藍原が成親にリークした、ということのようだ。

「──成親さん！　渕上社長が説明を求められてますが！」

と、遠くから大きな声で呼びかけられ、成親が、すぐ行く、とふり返って答えた。

成親が現場責任者らしい。

「これはどういうことだね、君…！　こんな……、勝手に人の家を踏み荒らすようなマネをして…！」

見れば、形相を変えた中年の男が私服の刑事に食ってかかっている。

「いくら警察とはいえ、こんな理不尽なマネが許されると思ってないだろうな！」

渕上──つまり、さっきの男の父親、か。

自分の息子のことでもあり、膝元で違法カジノなど、もちろん企業イメージも一気に悪くなるだろう。

「ちょっと待っててくれ」

和葉に短く言いおいて、いくぶん藍原を気にしながらも成親がそちらへ走っていく。

「兄弟って…、どういうことですか？」

その背中を見送りながら、和葉はつぶやくように尋ねた。

それに、うーん…、と藍原が小さくうなる。

「僕から言うことじゃないと思ってたんだけどね…」

それでも、仕方ないか…、と肩をすくめて、藍原が先を続けた。

「良司とは、母親が違うんだよ」

さらりと言った藍原の言葉に、やっぱり…、と和葉は内心でうなずく。

「認知はされてるんだけど、うちの母親もまだ健在だしね」

つまり、成親は愛人の子供、ということだ。

「良司は…、昔は父親にはずいぶん反発してたよ。まぁ、今でもだけど。父親はうちの会社に入るように言ってるんだけど、頭から無視してね…。あいつがキャリアなんて似合わないことをやってるのは、自分の母親のためなんだろうな。成親の母親はもう亡くなっているんだけど、愛人の子でうっかりグレると、やっぱり母親の育て方が、って言われるだろうし。母親に負い目を持たせないように…、父や父の家族からバカにされないように。何も言わせないように、……ね」

成親が今みたいになるまで、ずっと葛藤《かっとう》があったのだ…、と和葉は初めて気づく。

それを全部、一人で乗り越えてきたのだ、と。

——多分、あの高校時代も。

「和葉さんは、怪我はなかったの？」

思い出したように聞かれ、和葉は首をふった。

「藍原さんこそ…、大丈夫でしたか？」

どう考えても、藍原の方がよほど重傷だ。

それに、軽く頬を撫でながら、ハハハ…、と男は軽く笑った。

「手加減してくれなかったからねえ…。明日はひどいことになりそうだよ」

確かに、マンガのような青あざが顔にできてもおかしくはない。さすがに出社するにはつらいだろう。

「やっぱり…、ずっと仲は悪いんですか？」

思わず聞いた和葉に、いや…、と藍原は首をふる。そしてちょっと苦笑する。

「まぁ、そうだね…。僕の母と父との夫婦仲は、昔からあまりよくなくてね。正式な場所には一緒に出るんだけど、今は仮面夫婦ってところかな。家庭内別居というか。……いや、母は別に住んでるから完全に別居状態か」

あっさりとそんなふうに言った藍原にも、複雑な葛藤はあったらしい。

「昔はその原因が良司の母親にあると思っていたから…、やっぱり嫌いだったかな。良司も、その母親も」

　そっと、何かを思い出すようにいくぶん苦い表情が藍原の横顔をよぎる。

「良司にしてみれば、それはそっくりあいつが言いたいことだったんだろうね」

　ふっと、和葉は高校時代の成親を思い出す。

　あんなふうにまわりに背を向けていたのは…、やり場のないいらだちがあったのだろうか。

　成親からしてみれば、和葉の悩みなどは恵まれた、贅沢なものだったのかもしれない。

「昔は定期的に父が呼んで、僕と三人で一緒に食事をしてたんだけどね。良司は来たくなさそうだったけど、あいつの母親が行かせてたみたいで。あからさまに不機嫌だったよ。正直、父と良司の間で、僕がまいったな。……ああ、それは今も同じか」

　くっ…、と藍原が喉を鳴らす。

「今も？」

　少し意味をとり損ねて尋ねた和葉に、あっさりと藍原は言った。

「今も父はあいつを自分の会社に入れるのをあきらめてないからね」

　あ…、とようやく、和葉は気づく。

　そうだ。認知もされているのなら、成親は正式な藍原の息子ということになる。

　おとなしく会社に入れれば、黙っていても相当な地位と……金は約束されているのだろうに。

世界的な企業の、だ。

だがデスクでふんぞり返っている成親は、あまり想像できない。

「まあ、昔から、そんなふうに父と良司をとり持とうとする僕に、良司はいらだってたみたいだね。いい子のふりをしやがって――みたいな？」

そんな言い方に、和葉はちょっと口元で笑う。

そして遠く、二、三人で固まって深刻な様子で話している成親の背中を見つめ、ぽつりとつぶやくように藍原が言った。

「一緒に暮らしたこともないし……、でも、やっぱり兄弟なんだろうね。嫌いじゃないよ。良司のことはね」

小さく笑った男に、和葉も何となくホッとした。

「一度くらい、お兄ちゃん、て呼んでほしい気もするけど。……無理だろうなあ」

本気なのか、冗談なのか。

その口調からはわからなかったが、和葉は微笑んで言った。

「言っときますよ」

「また殴られそうだな…」

藍原が肩をすくめる。そして、ぽつり、とつぶやいた。

「時々…、あいつがうらやましくなるかな…」

成親の自由さに…、だろうか。そして、強さに。むしろ和葉には、藍原の心情の方がよくわかる。

だから、ちょっと嫌がらせをしてみたくなる、ということかもしれない。和葉にちょっかいをかけたり、こんなところに連れてきたり。

と、成親があちこちに指示を出しながらこちらへもどってくる。

それを見ながら、ポン、と藍原が和葉の肩をたたいた。

「……じゃあ、僕は先に帰ることにするよ。またあいつに殴られないうちにね。――ああ…、ありがとう」

誰か――パーティーで成親と一緒にいた女だ。気を利かせたらしく、ペットボトルの水でタオルを濡《ぬ》らし、それを藍原に差し出している。

ちらっとその眼差しが上がって和葉を眺め、ちょこっと会釈してくる。

つられるように和葉も軽く頭を下げた。会ったことがある気もするが、誰だろう、と思いながら。

「またね、和葉さん」

近づいてくる成親を横目に、にっこりと笑って和葉に言うと、藍原は背を向けて歩き出した。

「おい、誘導してやれ。玄関のあたりはすごいことになってる」

「――あ、はい」

成親がその女に指示を出し、彼女はあわてて藍原のあとを追った。

騒ぎを聞きつけて、メディアも飛んできているのだろう。

案外、気にしてやってるんじゃないか…、と和葉はちょっと微笑んだ。

「あの女の人も刑事？　美人刑事なんて、ドラマの中だけかと思ってたよ。……パーティーでおまえといいムードだったみたいだけど」

と、それを見送りながら何気ないように言った和葉に、成親が目を剝《む》く。

「バカ。もっかいよく見ろ。あいつ、由利だぞ」

「……え？」

言われて和葉は絶句した。

思わずふり返ってその後ろ姿をもう一度眺めるが……到底わからない。言われれば、歩き方に少し、違和感を覚えるくらいか。

「ああいうパーティーに潜入だったから、女装してただけだ」

うなるように言ってから、ああ…、と思い出したように、にやりと笑う。

「おまえ、前も由利に妬《や》いてただろ？　進歩がないな」

「妬いてないよ」

視線はそらしたまま、和葉はむっつりと返した。が、さすがに耳のあたりが熱くなる。

本当に進歩のない自分が、ちょっと情けない。

「管理官！」

と、再び背後から呼ばれ、成親はそちらに手を上げて、待て、と指示を出す。

その手のハンカチがうっとうしそうだが、すでに血は止まっているようだった。

「悪い。送ってやれる状況じゃない。検挙した人数が多すぎて、調書に時間がかかるし…、俺も手伝わないわけにはいかないからな」

「ああ…」

和葉も素直にうなずいた。

「その……」

そんな和葉に成親がわずかに口ごもり、ようやく言葉を押し出すように言った。

「おまえが何に怒ってるのか…、正直、まだわからないけどな…。でも、別れたいわけじゃないから。……待っててくれ。おまえのとこに行くから」

シンプルな、しかし心の中をそのままさらけ出すような言葉に、和葉はぎゅっと胸がつまるのを感じた。

それで…、十分なのだろう。

自分が何に怒っていたのか――それは、和葉の口から教えてやろう、と思う。

いっぱい怒って、反省させてやる。

和葉はポケットに手を入れると、一つだけ鍵《かぎ》のついたキーリングをとり出す。そしてそれを、成親に押しつけるように握らせた。

「合鍵じゃない。マスターだ」

じっと男を見上げて言った和葉に、成親が怪訝《けげん》な顔をする。

「和葉…？」

意味が、わかるだろうか？

来て欲しい――と。会いに来て欲しい。いつでも。少しでも時間があるのなら。

……自分の家に、帰ってくるみたいに。

「でも…、おまえ、それだと部屋に入れないだろう？」

とまどったように、成親が手の中の鍵と和葉とを見比べる。

「喜多見に来てもらうよ。喜多見には……もう一個、合鍵作ってもらうから」

そして、静かに微笑んだ。

「あとでな。……ああ、俺は藍原さんに送ってもらうよ。まだつかまると思うから」

それだけ言うと、和葉は素早く背中を向けて走り出した。

顔がちょっと熱くて。頬が赤くなっていそうで。

「あ、おい…、和葉！」

あせったような成親の声を、心地よく和葉は背中に聞いていた――。

帰りの車の中で喜多見に連絡し、マンションで落ち合って中へ入れてもらう。

「パーティーはどうだった？」

そんな問いに、おもしろかったよ、と答えた和葉に、めずらしいな…、と喜多見が驚いたように首をひねる。

なにせ、引きこもりで、人混みの苦手な和葉だ。

それから風呂に入って、深夜遅くまで仕事をする。

今まではこんなふうに一人でいて、ずっと…、いつ、来るんだろう、と、いらいらと成親を待っている時間だった。

だが今は、不思議と気持ちは落ち着いていていて。いつになく集中できて。

起きている間に成親は来なかったが、ほどよい疲れを引きずったまま、ベッドへ潜りこむ。

どのくらい眠ったあとだろう。

「ん……？」

なぜかふっと目が覚めて、わずかに身じろぎする。

そしてハッと気がつくと、硬い腕が背中から和葉の身体に巻きついていた。

馴染《なじ》んだ……男の匂いが身体を包みこむ。

「悪い…。起こしたか?」

暗闇《くらやみ》の中、耳元で聞き慣れた声がした。

言いながらも、成親は和葉の前に腕をまわし、あやしくトレーナーの下から手を差しこみながら、肩に頬をこすりつけてくる。

手のひらにハンカチはなく、包帯を巻いているようでもない。ざらりとした感触はあったが、傷は浅かったようでホッとする。

「起きないわけないだろ…」

胸を撫でられ、ざわっ…と身体の内で起こり始めた熱をこらえながら、和葉はかすれた声でうめいた。

喉で笑いながら、成親がそっと唇をうなじに押しあてる。そのまま首筋を這《は》わせ、耳の方へとすべらせてくる。

「ん…っ…、あ……」

前にまわった男の指が胸の小さな芽を押しつぶすようにして遊び、もう片方の手は下肢へと伸びて、下着の中へ潜りこんでくる。

軽く耳たぶを噛むようにして、静かに成親が尋ねてきた。

「いいのか…?　鍵、返さなくて」

和葉はぎゅっと目を閉じ、男の指の愛撫《あいぶ》に身を任せる。

「ここに帰ってきて、いいのか……？」

そして静かに続けられた言葉が、胸に沁《し》みこんでくる。

和葉の投げた意味を、成親は正確に受けとっていた。

余裕のある時に訪ねてくるんじゃなくて。

帰ってきてほしい。

たとえ、抱き合う時間がなくても。その気配を感じるだけでいい。

おたがいにどれだけすれ違っていても、そばにいることがわかればいい――。

和葉は無意識に成親の手をつかみ、そっと肩越しにふり返った。

暗闇の中で、輪郭くらいしか見えなくて。

それでも熱い吐息が近づいてくる。

そっと唇が触れ、舌が触れて……深く、むさぼるように味わわれて。

「ふ…、あ…、あぁ……っ」

そのまま強引に身体が返され、仰向けにシーツへ張りつけられた。

すでに上半身は脱いでいたらしい成親の身体が重なってくる。喉から顎、そして唇へ何度もキスが落とされる。

「仕事…、いいのか…？」

その髪をつかむようにして、ちょっと意地悪く和葉は尋ねた。

「ああ…、とりあえず、片はついたよ」

顔を上げて答えた成親が、表情は見えないまま、にやり、と笑ったのがわかる。

「今日はちゃんと最後まで、いっぱいしてやる。おまえが満足するまで……な」

「また途中で……電話……、あるんじゃないのか……？」

皮肉に言った和葉に、成親が耳に舌を差しこみながらささやいた。

「もしあっても、今度はちゃんと、俺のでいかしてやるから」

「バカ…っ、そうじゃないだろ…っ！」

和葉は拳で男の背中をたたく。

本当は、そういう問題ではない。

ただ自分だけいかされるのが…、自分が快感だけ、成親に求めていると思われているのに腹が立ったのだ。

「でも和葉の……イク時の顔がすげぇ、好き」

くっ、と喉で笑いながら、成親がかすれた声で言った。

「ヘンタイ…っ！」

「男なら誰だってそうだろ？」

思わず叫んだ和葉に、成親はあっさりと答える。

「ほら…、こんな、気持ちよさそうな顔とか」

言いながら、成親の指が和葉の乳首をなぶり、舌先で唾液《だえき》をからめるようになめ上げていく。

「ひ…、あぁぁ……っ」

濡れて敏感になった芽がさらにきつく摘まれて、大きく胸を反らせてしまう。

「俺にされて、こんなに感じてる顔とか」

「見えない……だろ……っ」

落ち着いた声で続けられて、和葉は涙をにじませながらうめいた。

こんな暗闇だ。

「見えるよ」

しかし吐息で笑いながら、成親は答える。

「死ぬほどカワイイ顔してる」

そんな恥ずかしい言葉に一気に体温が上がるようで、和葉は闇雲《やみくも》に男の背中を殴りつける。

「ほら…、こっちも……早いよな」

言いながら、脇腹《わきばら》からすべり落ちた手に中心が握られ、和葉はたまらず腰をよじった。

無造作にスウェットと下着が一緒に引き下ろされ、ついでのようにトレーナーも引き抜かれて、和葉の手があわてて下肢を隠そうとシーツを引きつかむ。

「見えないんだろ？」

それに成親が意地悪く笑い、シーツを引き剝がすようにするとそのまま、無造作に和葉の片足を持ち上げた。

「あ……っ」

思わずうろたえた声を上げた和葉にかまわず、男はその中心に顔を埋めてくる。

「──ん……っ、あぁ…っ、あぁぁ……っ」

やわらかく濡れた感触に和葉のモノがくわえこまれ、きつく優しく、口の中でしごき上げられる。

和葉は無意識に腰を揺らしながら、男の髪につかみかかった。

優しい闇の中で、成親の息づかいと、熱と、指の強さだけを感じる。

体中が、心の隅から満たされていく。

わずかに腰が持ち上げられ、男の舌が根元から奥へと入りこんできた。

最奥の窪《くぼ》みに舌がねじこまれると、待ち望んでいたようにいっせいに襞《ひだ》がうごめき始める。

全身に走った痺《しび》れに、ぶるっと身体が震えてしまう。

「なる……ちか……っ」

指でその場所が押し開かれ、さらに深くまで味わわれて。

ピチャピチャと舌を弾くような、恥ずかしく濡れた音が空気に溶ける。

たわいもなく溶けきった入り口が試すように指でかきまわされ、ゆっくりと奥へ入りこんでくる。

「あ……、ん……、あぁ……」

じん…、と頭の芯にまで甘い陶酔が広がっていく。二本に増えた指がやわらかく出し入れをくり返し、馴染ませるように中を大きくこすり上げた。

和葉の腰はうながされるように、それを締めつけて。味わって。

わずかに身を起こした成親が、さらり、と和葉の額から前髪をかき上げ、優しく尋ねてくる。

「気持ちいいか…？」

和葉は腕を伸ばし、返事の代わりに男の首を引きよせるようにして抱きしめた。

和葉の背中も強く引きよせられ、唇が重ねられて、おたがいに舌をむさぼり合う。からめた足の間で、おたがいの張りつめた中心がこすれ合う。カッ…、と焼けるような熱を覚えた。

成親の指が鎖骨をすべり、それを追うように唇が這ってくる。硬くとがった乳首の片方が指でもてあそばれ、もう片方は舌の餌食《えじき》になる。

ゾクゾク…と、身体の奥から湧《わ》き起こった疼《うず》くような波が全身に広がっていった。

成親の指がするり、とそそりたつ和葉の中心を撫で上げる。

淫《みだ》らに濡れた先端が指の腹でもまれ、さらに蜜を溢れさせてしまう。

「今日はいつもよりすごい気がするけど？」

からかうようなそんな言葉に、和葉は思いきり成親の耳を引っ張った。

「いつも…ってほど……してないだろ……っ」

今日だって一週間ぶりで、しかも前回は中途半端なままだったのだ。その前は、ひょっとしなくても去年の話になる。

「あー…、俺はしょっちゅう、和葉で抜いてるからかな?」

いてて…、とうめきながらも、成親がとぼける。そして内緒話でもするように、こっそりと耳元でささやいた。

「でも妄想より、現実の方がスゴイよ?」

「バカ…っ」

吐き出した和葉に喉で笑って、成親は濡れた指を和葉の奥へとすべらせた。

浅く指を沈ませてすでに溶けている入り口をかきまわし、ほんの時折、奥をえぐるようにして突く。

「あっ…あっ……あぁ……っ」

抜き差しされるたび、ビクッと和葉の身体が揺れる。

もっと……もっと、中を突いてほしいのに。いっぱいこすり上げてほしいのに、男の指は和葉の腰の締めつけを楽しむだけで、わざとゆっくりと出て行ってしまう。

和葉の腰がそれを追いかけるように、恥ずかしく上下する。

「あ……、は……ぁ……ん……っ」

熱い息を吐き出しながら身悶える和葉の頬を撫で、両足を抱え上げるようにして、さらに男の舌が奥の溶けきった部分を攻め始める。

反り返った前が男の手の中でこすり上げられながら、奥が舌で愛撫され、ほんの時折、指で慰められる。

前後を巧みに操るようにして際まで追い立てられ、しかし決して、そこから先へ行かせてもらえない。

「も……っ、……や……っ……成親……っ」

シーツに爪を立て、和葉は淫らに腰をふり乱した。

「俺を欲しがって……、焦れて、せがんでくる顔も、すごい好き」

じっと自分の顔を見つめてくる男の熱い眼差しを感じる。

そして。

「和葉が……好きだよ」

静かに落ちてきた言葉が、全身に広がっていく。

男の硬いモノが待ち望んでいる場所へ押しあてられ、一気に奥へ入りこんできた。

「あぁぁぁ――――……っ」

自分がどんな声を上げたのかもわからない。

膝をつかまれ、腰が固定されて、何度も突き上げられる。えぐられる痛みと、こすり上げられる快感に溺《おぼ》れていく。

つながった部分が熱を発し、頭の芯から焼きつくされる。

「なる……ちか……っ、成親……っ、——いく……っ」

男の肩にしがみつき、自分から腰を押しつけて、快感をむさぼる。

「イッていいぞ…」

かすれた男の声が耳に落ちて、一気に深く、一番奥まで突き上げられた。

「あぁ……っ！」

瞬間、大きく身体をのけぞらせ、意識が真っ白になる。

やがて、いっきに重力がもどってきたように、和葉は気だるい身体をシーツへ落とした。

おたがいの荒い息づかいが耳につく。

しっとりと汗に濡れた腕が、和葉の身体を抱きよせる。頬を胸に押しあてると、成親の心臓の音が聞こえるようだった。

「勝手に……ベッドに入ってきていいのか……？」

手慰みのように指先で和葉の髪をかき混ぜながら、頭の上で成親が尋ねてくる。

きっと、これからもおたがいに不規則な時間で。すれ違って。

「もう入ってきてるだろ…」

目を閉じたまま、和葉はうめいた。

そして、わざと無愛想なままに続ける。

「俺のベッドだ。おまえが寝てたって、俺も使うからな」

吐息だけで成親が笑った。

「襲われるの、楽しみー。上に乗ってくれんの？」

「バカ」

うきうきと言ってきた男を、和葉は薄く目を開けてにらみ上げる。

「でも、和葉を抱いてるだけで幸せだけどな…」

小さくつぶやくように言った男の顔は、闇の中では見えなくて。

それでも成親の存在は確かにある。肌に感じられる。

ゆっくりと、和葉の中に沁みこんでくる。

全身が優しくくるまれて、和葉は優しい眠りに落ちた――。


「……ほら、鍵。ここにおいとくぞ」

十日後――。

喜多見が新しく作った部屋のスペアキーを持って来てくれた。

特殊な鍵だったので、メーカーに直接頼まなければならず、急がせてもそのくらいの時間がかかったのだ。

結局、喜多見の持っていたのはそのままに、和葉が新しく作ってもらった。自分の家の鍵を持っていない、というのは不自由きわまりないはずだが、この十日、特に和葉は外へ出る用もなく、こもりきりだったのである。特に不便も感じなかった。

「成親…、来てるのか?」

と、食料品を冷蔵庫にしまおうとキッチンに入った喜多見が、ふと気づいたように尋ねてくる。

シンクの中に重なっている皿の量——だろう。丸一日にしても和葉一人で使える量ではなく、そもそも和葉一人なら、皿を使うかどうかさえもあやしい。

「平日なんだから、今は仕事に決まってるだろ」

カウンターでサーバーのコーヒーをカップに注ぎながら、和葉はあくび混じりに答えた。

ふぅん…、と、ちょっと意味深に、喜多見がうなる。

……まあ、合鍵を頼んだことで、もとの鍵が成親の手に渡っていることは想像がついているだろう。

「決まってるのか…。なるほど」

小さくつぶやく。

あっ…、とようやく和葉も気づく。

平日でなくとも、成親が「いない」のが普通のはずだった。——今までは。

だが和葉の中では、いつの間にか「いる」ことが基準になっていたのか。

「どうやら、俺が食料を運んでやる必要もなくなったようだな」

そして冷蔵庫を開けて、喜多見がしたり顔で言った。

そう…、成親は部屋に帰ってくる時、よくいろんな食材を買いこんできているのだ。時間がある時には夜食を作ってくれたり、和葉が起き抜けに冷蔵庫を開けると、サラダや何かの作りおきがあったりすることもある。

事件が一つ片づいて、成親も今は少し、落ち着いているようだった。

これでまた大きな事件にかかると、数日帰ってこなかったりするんだろうな…、と思うのだが。

それでも…、毎日少しずつ、成親のものが部屋に増えていくようで、ちょっとうれしい。

自分の仕事場だけは聖域にしていたが、その他の部屋——リビングやベッドルームや。キッチンや洗面所などには、成親の「跡」が残されている。

自分の眠っている間——あるいは、仕事に没頭している間。

成親が何をしていたのかがわかる。そのことに安心する。

そして——知らない間にベッドに潜りこんでいる男の姿に、目が覚めて初めて気づくこともあって。

眠りこける成親の寝顔に、不思議な安らぎを覚える。

たとえ、セックス——しなかったとしても。

生活は、否応なく変わっているはずだった。

それでも何となく、おたがいの役割を自分たちで選び始めている。……といっても、和葉が食事を作ることはなかったが、食器だけは片づけるようにしていた。ざっと洗って食洗機にいれるだけだが。

あと、ベッドのシーツを替えたり。……替えるだけ、だったが。

家政婦さんに週に二度入ってもらっているので、それで何とかことは足りる。

おたがいにまだまだ手探りだったけれど、少しずつ、自分たちの生活に慣れていくのだろう……、と思う。

新しい、自分たちの生活を、自分たちのペースを作っていくのだ。

多分また…、ケンカもするだろうし、不安になることもあるのだろうけど。

きっと心地よいメロディラインができるはずだった。

「ネコして満腹でごろごろ喉を鳴らしてるみたいだぞ?」

無意識に適当なフレーズを口ずさみながら、コーヒーを片手にリビングの隅のピアノへ向かった和葉に、喜多見がにやにやと笑う。

わかりすぎる従兄弟はちょっと腹立たしい。

頬が熱くなるのを覚えながら、和葉は聞こえないふりでピアノを開いた。
指先が、新しい音を紡ぎ出す――。

彼とマネージャーの事情

「……弓削和葉《ゆげかずは》？」

メモを見ながらたどたどしく説明する部下の由利《ゆり》が読み上げた名前に、成親《なるちか》はふっと無精ヒゲの目立つ顔を上げた。

「え？　ええ」

むっつりと不機嫌に報告を聞いていた成親のいきなりの反応に、由利が目をパチパチさせながら首をかしげる。

由利はこの秋に異動になったばかりのまだほとんど使えない新人で、成親が教育係を買って出た――わけでは決してなかったが、なんとなくそんな感じになってしまっていた。

昨今の若者、というのだろうか。成親の教育的指導にも、めげない、というか、打たれ強い、と表現すれば聞こえはいいが、単に脳天気に右から左へスルーしているだけなんじゃないか…？　と思ったりする。

まあそれでも、本人なりに地道な努力はしているようだ。

「ええっと…、この人です。知りません？　有名な作曲家ですよー。『C３ダブル』ってバンドの曲、作ってる人です」

そんなことは百も承知だったが、成親は何も言わずに由利が差し出した写真をひったくるようにして見る。

何かの資料写真だろう。無表情なバストショット。

確かに、和葉だ。

高校時代の同級生だった男。それだけ、といえば、それだけの関係なのだろう。

まだ青かった頃、ほんの一瞬、二人だけで共有した時間があった、というくらいの。

卒業以来、もう十年も会っていない。むこうは名前も覚えていないかもしれない。

「関係者っていうのは…、どういう関係だ？　まあ、音楽関係者ではあるんだろうが」

捜査線上に名前の挙《あ》がっている天坂夕斗《あまさかゆうと》は若手の俳優で、最近、ミュージシャンとしてもデビューしたらしい。

「天坂が曲を頼んでいるみたいですけど。最近、天坂の方が接近してるみたいで」

その言葉に、成親は低くうなった。

……まあ、たいしたつながりではないのだろう。とは思う。こちらの追っている本筋に、和葉が関わっているわけでもないはずだ。

――が。

「一応、話を聞いてみます？　……えーっと…、住所、非公開なんですけど、マネージャーの喜多見《きたみ》という男の連絡先ならすぐにわかりますよ」

「喜多見…、か」

思わず、成親は目をすがめた。

喜多見もやはり、同じ高校の同級生だ。和葉とはそういう関係じゃないか…、と疑われていたくらい仲がよかった。馴《な》れ馴れしい雰囲気、というよりも、なんだろう、自然な親密さ、というのだろうか。

特別な人間を作らない学園の「王子様」だった和葉が、喜多見にだけは心を許していたようだし、誰に対しても素っ気ないくらい淡々と、マイペースに学園生活を送っていた喜多見も、和葉の面倒だけはよく見ていた気がする。

まだ一緒にいるのか……。

どうでもいいことのはずだが、なぜかそんな苦い思いが湧《わ》き上がってしまう。

「特に何か知ってそうじゃないですけどねえ…。アリバイに関係してるわけでもないですし、せいぜい天坂の人となりがわかるくらいでしょうか」

「喜多見の連絡先は？」

「あ、こっちです。無駄足かもしれませんけど、まわってみますか？」

由利が手元のメモ帳をまわして成親に見せる。

「あっ、でも弓削和葉に会えるんならちょっとうれしいかも」

ミーハーなのか、ほくほくとした顔で平和に言った部下をじろりとにらみ上げ、成親はぺりっと由利のメモ帳からそのページを引きはがした。

「おまえは来なくていい」

「え――――っ！」

無慈悲に言い捨てて立ち上がると、盛大な悲鳴が背中に響く。

「そんな、ヒドイですよーっ！　ずるいっ！」

女子高生のような声を無視して、成親はさっさと戸口へ向かった――。


「成親……？　本当におまえか。驚いたな」

喜多見のオフィスの受付で名前を告げ、面会を求めると、少し待ってから上階の部屋へ案内される。

都内の、どうやら自社ビルらしい五階建てで、なかなか羽振りもよさそうだ。

その最上階。社長室らしい。

ドアが開くと、奥のデスクをまわって懐かしい――しかし、確かに十年分、年を重ねた男が近づいてくる。

「おまえが音楽事務所なんかやってる方が驚きだ」

背後でドアが閉じる音を聞きながら、成親は軽く肩をすくめた。

高校時代のイメージからすると、喜多見はもっと堅実な仕事を選びそうな気がしていた。公務員とか大手企業のビジネスマンとか。こんな、いわゆる水物の仕事に手を出す感じではなかったが。

そう言ってやると、そうか？　と喜多見は軽く笑う。

「まあ、流れでな。和葉と同じだよ」

答えながら手前の応接セットを示されて、成親は遠慮なくどかっと腰を下ろした。

流れ、というのは、和葉はまあ、ずっと音楽畑の人間だったし、大学時代に提供した曲がヒットを飛ばしたことで、そのまま今の仕事に入った、ということだろう。

喜多見の場合はよくわからないが、その和葉のマネージメントをやることになった流れで、ということだろうか。

つまりそれだけ、公私ともに親しい、和葉にとっては頼れる男だ、ということだ。

高校時代から――いや、そのずっと前からふたりはつるんでいたし、腐れ縁、ということなのかもしれない。

今でも切れることなく…、か……。

そう思うと、成親としてはちょっと……ため息をついてしまう。

当時から割りこめない……他をよせつけない雰囲気の二人ではあったが。

しかし期せずして出た和葉の名前に、成親はわずかに身を乗り出した。

「その和葉だが」

と、その時、秘書らしい女性がコーヒーを運んできて、ちょっと話が中断する。

「どうした？　十年もたって、今頃、また気になり始めたのか？　あの頃は何のアクションも起こさなかったのにな」

彼女が行ってから、喜多見がおもしろそうに口を開く。

「……あぁ？」

そんな、なかばからかうような言葉に、成親は不機嫌にうめいた。

アクションも何も――。

「おまえと続いてるんだろ？　あの時も、今も。よく飽きねぇな…」

わざとらしくため息をついてみせた成親に、喜多見が密《ひそ》やかに笑う。

「まあ、確かに、続いてはいるけどね…」

どこか意味ありげな言い方に、成親はコーヒーに手を伸ばしながら、ちらりと男を見上げる。

「で、わざわざ十年ぶりに顔を見せて、和葉の近況を聞きに来たのか？」

「いや、仕事だ」

話が本題に入ったのに、成親はわずかに居住まいを正す。

「仕事？　そういえばおまえ、今、何をやってるんだ？」

思い出したように尋ねてきた喜多見に、成親は懐から名刺を差し出した。

「警察…？」

それに目を落とした喜多見の声に緊張がにじむ。

「和葉が何か…？」

「いや、直接何かあったわけじゃない。天坂という男を今、追っているところなんだが」

「天坂夕斗？」

さすがに和葉の交友関係は把握しているようだ。

「知っているか？」

「まあ、挨拶《あいさつ》くらいだが。和葉に曲の依頼が来てるんだが、今のところ受けていない。ただ曲は欲しいみたいで、和葉には時々、接触はあるようだな」

「そうか…」

喜多見の言葉に、成親はうなずく。

まあ、たいした関係がないのであれば、それに越したことはない。

「天坂夕斗が何かしたのか？」

聞かれて、成親はちょっと迷ったが、周辺的な情報でもあれば助かる。オフでな、と断ってから口を開いた。

「ひき逃げの容疑者なんだよ。被害者は小さい子供だ。あいつ、目立つ車、乗ってるだろう？カタイと思うんだが、アリバイがある。金で買ったくさい、かなり怪しいアリバイだがな…」

「ひょっとして、アレか？　三つだか四つだかの女の子の…」

「そうだ」

どうやら喜多見もニュースは見ていたらしい。それにしてもよく覚えているものだ。

……と思ったら、微妙に難しい顔で黙りこんだのに、成親は首をかしげた。

「喜多見？」

「いや…、実は和葉もその時、ひき逃げの現場近くにいたようなんだ」

「え？」

思わず、成親は目を見張る。

「いや、たまたまだと思うんだが……」

そうは言いながらも、喜多見はさらに険しく眉をよせる。

「どうした？」

成親がうながしたのに、ようやく口を開いた。

「そういえば、和葉はこのところ、ちょっと怪我《けが》が多くてな」

「怪我？」

コーヒーカップに手を伸ばしかけた成親の指が、一瞬止まる。

「考えてみれば、そのひき逃げのちょうどあとからだ。階段から落ちたり、酔っぱらいらしい車にひかれそうになったり。ちょっと立て続けにな…」

「おい…、まさか」

思わず背筋をゾッとさせながら、成親はうめいた。

それはもしかすると、殺されかけている、と言わないのだろうか？

「いや、多分、事故だろうし、本人も気にしているようじゃないんだが」

「悠長にかまえている場合かっ」

思わず成親は声を荒げていた。

「ひょっとして、和葉は現場で天坂と顔を合わせたのか？」

「いや、そんな話は聞いてない」

とはいえ、天坂の方が和葉を見かけていたのかもしれない。そして、和葉に何か見られたと思っている可能性もあるのだ。

「ただ確かに、その頃からだな…。天坂がやけに和葉に接近してきているのは」

顎《あご》を撫《な》でてうなった喜多見に、成親は思わず額を押さえた。

アリバイは崩せていないが、天坂の容疑はかなり濃厚だと言える。

これは冗談ではなく――？

「どうなんだ？　まさか、本当に和葉は狙《ねら》われているのか？」

逆に喜多見に聞かれ、しかし状況をはっきりと把握しているわけではない成親に答えようはない。

「あいつ…、意外ととろいというか…、鈍くさいというか、まあ、音楽以外、頭がまわってないところがあるからな。だから放っておけないんだが」

喜多見がソファに背中を預けて、ハァ…、とため息をつく。

恋人に対して、ずいぶんな言い方だ。

「和葉に注意するように言ったほうがいい」

思わず忠告した成親に、喜多見がちょっと考えこんだ。

「しかし、わざわざ恐がらせるのもどうなんだ？　狙われているかどうかもはっきりしないんだろう？」

指摘されて、成親も口ごもる。

そう。何か証拠があるわけではないし、単なる偶然――杞憂かもしれない。

逆にヘタに相手を警戒させて、和葉が何か知っている、と疑わせるようだと、さらに和葉の身は危険になる可能性もある。

「だがもし、本当に狙われているんだったら？」

無意識に息を殺すようにして、成親は言った。何かあってからでは取り返しがつかないのだ。

ふっと、おたがいにらみ合うように顔を合わせる。

「確かめた方がいい」

「どうやって？」

乾いた唇をなめて、じわり、と絞り出すように言った成親に、さらりと喜多見が聞き返してきた。

「だからっ！　おまえ、恋人なんだろうがっ！」

成親はいらだって声を上げる。

「あいにく、俺にも仕事がある。マネージメントしているのは和葉だけじゃないし、四六時中、あいつのそばにいるわけにもいかない。第一――」

その声にも動じることなく、やはり淡々と言った喜多見が、ちらっと意味深に成親を見て続けた。

「それは警察の仕事だろう？」

成親は思わず、息を呑《の》んで押し黙った。

確かに、正論だ。正論だろう――が。

「もし本当に和葉の身に危険があるんなら、身辺警護の必要がある。だが、はっきりしない段階なら、和葉にはそれを悟られないようにしてほしい。……高校時代の同級生だからな。おまえが和葉の身辺警護を買って出るんなら、一番、自然に近づけるのかもしれないが？」

口元に穏やかな笑みを浮かべたまま言った喜多見をなかばにらむようにしながら、成親は大きく息を吸いこんだ。

「おまえ…、なんか、けしかけているようにも聞こえるが？」

むっつりと、成親はうなった。

喜多見の意図がわからない。いや、和葉の身を案じてはいるのだろうが。

しかし、そんな成親の言葉も耳から抜かすように、さらに喜多見は続ける。

「仮に天坂が本当に犯人で、和葉に何かしようとしているんなら、和葉のそばにいればしっぽをつかむきっかけにもなるだろう。……もちろん、危険が過ぎるまで和葉を外国へ行かせるとか、他にも和葉の安全を確保するやり方はあるわけだが。おまえに和葉を守る自信がないのならな」

「おまえ……」

じっと成親を見て、にやりと笑った男に、成親は一瞬、絶句する。

あからさまな挑発だ。

だが、なぜこの男が――？

「……いいのかよ？　他の男をあてがうような真似《まね》をして」

そっと、無意識に息を殺すようにして、成親は言葉を押し出す。

それに喜多見は軽く肩をすくめた。

「和葉にだって変化は必要だ。ああいう仕事ならなおさらな」

「ずいぶん理解があるな…。それとも、倦怠《けんたい》期のいい刺激ってわけか？」

いくぶんムッとする。

自分が利用されるような感じにも、そして和葉を簡単に他の男に任せようというこの男の気持ちにも。

あるいはそれが、音楽家の——芸術家の感性なのかもしれないが。

「どうするよ？　もし、和葉が俺の方がよくなったら？」

わざと片頬《かたほお》に皮肉な笑みを浮かべ、成親は強気に言ってやる。

「確かに新鮮かもしれないぜ？　いいかげん、おまえに飽きてる頃かもしれないしな」

「やれるものならやってみればいい」

が、成親のそんな挑発にも乗らず、喜多見はきわめてあっさりと言った。

拍子抜ける、というか——。

——自信がある、というわけか……。

ふん…、と成親は鼻を鳴らす。

他の男とちょっと遊んだとしても、最後には自分のところに帰ってくる、と。

和葉のような仕事には、少しくらい遊ばせる必要がある、と思っているのかもしれない。

つまり、それだけ余裕があるわけだ。あるいは、信頼、と呼べるものが。

苦い思いが胸の中にわだかまってくる。

だが、成親に理解できる感覚ではなかった。

自分なら——他の男に和葉を任せるようなことはしない。できない、のに。

「和葉もこのところ刺激がなさ過ぎるせいか、スランプなようだからな。俺もまともに相手をしてやる時間がない。せめてカラダだけでも、和葉を満足させてやってくれればありがたいね」

にやりと笑って言った喜多見を、成親は思わず険しい目でにらむ。

あいかわらず、いけ好かねぇ野郎だ……。

結局、なかば乗せられるような形で、和葉と再会したのはそれから二日後——。

まさしく乗せられたのだ、と気づいたのは、事件が解決したあとだった。

どうにも納得できない気はするが、文句を言う筋合いでもなく。

……そして、成親にとっても不本意な結果というわけでは、決してなかったから。

あとがき

　こんにちは。キャラさんでは人外箱に巣くっているわたくしですが、今回はめずらしく人間同士なお話です。……というのも、どうなんでしょうか。ええ、誰も変身しませんよ（笑）。でも、表題が「飼い犬」なので、やっぱり、うっかりわんこなのかな。そして和葉《かずは》は猫っぽいので、つまりは犬とネコの話なのかもしれません。気まででちょっとわがままな猫と、番犬？　なのかしら。

　今回は、私としては若めの部類に入る二十代後半、同級生同士です。同級生カップルは好きなのですが、意外とひさしぶりだったかな。作曲家と警察官という組み合わせで、なかなか接点がないだけに難しかったですねー。でもそう考えると、かつての同級生が今はまったく別世界にいる、という想像は、ちょっと楽しいかもしれません。誰も変身はしませんが、危ない時に助けに来てくれるヒーローにはなっていただきたいものです。

　それにしても、時間が不規則な者同士のカップルというのは、やっぱり大変そうです。和葉の生活というのは、ちょっと身につまされますよ…。私も、起きてから（朝とは限らず）寝るまでの間、部屋とキッチンを往復するだけで一日が終わることがありますので、あまりの運動不足っぷりに、我ながら気が遠くなりそうです。万歩計をつけていると、二千歩そこそこしか一日に歩いてなくて、「猫並み」と診断されたことが。猫でももっと歩きそうだなあ…。

さて。イラストの羽根田実《はねだみのる》さんには、雑誌から引き続き、かっこいい大人な二人を本当にありがとうございました。しっとり落ち着いた雰囲気がとても素敵です。本当に毛並みのよいにゃんこと、それを支えているわんこっぽい感じでしょうか。カラーで見られるのを楽しみにしております。そして編集さんにもあいかわらず、お手数をおかけしておりましてすみません…。今年はもうちょっとテキパキと！　……できるようにがんばりたいと思います。

そしてそして、こちらを手にとっていただきました皆様にも、本当にありがとうございました。私としてはめずらしく？　ちょっと可愛いめのカップルだったでしょうか。いや、えげつないオヤジばっかり書いているわけではないのですよ。ひさしぶりにピュアな感じもお楽しみいただければうれしいです。

それでは、またどこかでお目にかかれますように──。

4月　　たまに食べたくなる桜餅……。

水壬楓子《みなみふうこ》

この本を読んでのご意見、ご感想を編集部までお寄せください。

《あて先》〒105－8055　東京都港区芝大門2－2－1　徳間書店　キャラ編集部気付

「作曲家の飼い犬」係

■初出一覧

シークレット・メロディ……小説Chara vol.17（2007年12月号増刊）
作曲家の飼い犬……書き下ろし
彼とマネージャーの事情……書き下ろし

Chara

作曲家の飼い犬

……【キャラ文庫】

2009年4月30日　初刷

著者　水壬楓子
発行者　吉田勝彦
発行所　株式会社徳間書店
〒105-8055　東京都港区芝大門2-2-1
電話048-451-5960（販売部）
03-5403-4348（編集部）
振替00140-0-44392

印刷・製本　図書印刷株式会社
カバー・口絵　近代美術株式会社
デザイン　久保宏夏
編集協力　押尾和子

ISBN978-4-19-900520-6

好評発売中

水壬楓子の本

【桜姫】

イラスト◆長門サイチ

連邦犯罪捜査局に勤務するシーナは、野性的で精悍な捜査官。頻発する異星人犯罪を取り締まるのが仕事だ。そこへ、捜査局に視察に訪れた高等判事秘書官・フェリシアの護衛の任務が。フェリシアは怜悧な美貌の超エリート。辛辣で無愛想な態度にはうんざりだが、命令には逆らえない。ところがその夜、シーナはフェリシアになぜか熱く誘惑されて…!?　衝撃の近未来ラブロマン!!

キャラ文庫既刊

■英田サキ
【DEADLOCK】
【DEADHEAT】DEADLOCK2
【DEADSHOT】DEADLOCK3
【SIMPLEX】DEADLOCK外伝 CUT高階 佑

■秋月こお
【やってらんねェぜ!】全6巻
【セカンド・レボリューション】やってらんねェぜ!外伝
【アーバンナイト・クルーズ】やってらんねェぜ!外伝2
【酒と薔薇とジェラシーと】やってらんねェぜ!外伝3
【許せない男】やってらんねェぜ!外伝4 CUTこいでみえこ
【王様な猫】
【王様な猫のしつけ方】王様な猫2
【王様な猫の陰謀と純愛】王様な猫3
【王様な猫と調教師】王様な猫4
【王様な猫の戴冠】王様な猫5 CUTかすみ涼和
【王朝春宵ロマンセ】
【王朝夏曙ロマンセ】王朝春宵ロマンセ2
【王朝秋夜ロマンセ】王朝春宵ロマンセ3
【王朝冬陽ロマンセ】王朝春宵ロマンセ4
【王朝唐紅ロマンセ】王朝ロマンセ外伝
【王朝月下繚乱ロマンセ】王朝ロマンセ外伝2
【王朝綺羅星如ロマンセ】王朝ロマンセ外伝3 CUT唯月 一
【要人警護】
【特命外交官】要人警護2
【駆け引きのルール】要人警護3
【シークレット・ダンジョン】要人警護4
【暗殺予告】要人警護5
【日陰の英雄たち】要人警護6 CUT緋色れーいち
【本日のご葬儀】CUTヤマダサクラコ
【幸村殿、艶にて候①～⑤】CUT九號

■洸
【機械仕掛けのくちびる】CUT須賀邦彦
【刑事はダンスが踊れない】CUT香雨
【花陰のライオン】CUT宝井さき
【黒猫はキスが好き】CUT汞りょう
【囚われの脅迫者】CUT DUO BRAND.
【深く静かに潜れ】CUT長門サイチ
【パーフェクトな相棒】CUT亜樹良のりかず
【好みじゃない恋人】CUT小山田あみ

■いおかいつき
【恋愛映画の作り方】CUT高久尚子
【交番へ行こう】CUT桜城やや
【死者の声はささやく】CUT亜樹良のりかず
【美男には向かない職業】CUT DUO BRAND.
【好きなんて言えない!】CUT有馬かつみ

■五百香ノエル
【キリング・ビータ】
【偶像の資格】キリング・ビータ2
【暗黒の誕生】キリング・ビータ3
【静寂の暴走】キリング・ビータ4 CUT麻々原絵里依
【GENE《ゲーン》】天使は裂かれる
【望郷天使】GENE2
【紅蓮の稲妻】GENE3
【宿命の血戦】GENE4
【この世の果て】GENE5
【愛の戦闘《たたかい》】GENE6
【螺旋運命】GENE7
【心の扉】GENE8
【天使はうまれる】GENE9 CUT金ひかる
【白皙】CUT須賀邦彦

■斑鳩サハラ
【僕の銀狐】
【押したおされて】僕の銀狐2
【最強ラヴァーズ】僕の銀狐3
【狼と子羊】僕の銀狐4 CUT越智千文
【今夜こそ逃げてやる!】CUTこうじま奈月

■池戸裕子
【TROUBLE TRAP!】CUT峰倉かずや
【アニマル・スイッチ】CUT夏乃あゆみ
【勝手にスクープ!】CUTにゃおんたつね
【社長秘書の昼と夜】CUT果桃なばこ
【あなたのいない夜】CUT椎名咲月
【部屋の鍵は貸さない】CUT鳴海ゆき
【共犯者の甘い罪】CUT宝井さき
【エゴイストの報酬】CUT新井サチ
【恋人は三度嘘をつく】CUT新藤まゆり
【特別室は貸切中】CUTともさか高子
【容疑者は誘惑する】CUT梅沢はな
【狩人は夢を訪れる】CUT汞りょう
【夜叉と獅子】CUT羽根田実
【工事現場で逢いましょう】CUT有馬かつみ

■岩本 薫
【13年目のライバル】CUT Lee

■烏城あきら
【発明家に手を出すな】CUT長門サイチ
【スパイは秘書に落とされる】CUT羽根田実
【檻《おり》】CUT今 市子

■榎田尤利
【ゆっくり走ろう】CUTやまかみ梨由
【歯科医の憂鬱】CUT高久尚子
【ギャルソンの躾け方】CUT宮本佳野
【アパルトマンの王子】CUT緋色れーいち
【理髪師の、些か変わったお気に入り】CUT二宮悦巳

■鹿住 槇
【優しい革命】CUT橘 皆無
【甘える覚悟】CUT穂波ゆきね
【別嬪レイディ】CUT大和名瀬

キャラ文庫既刊

【囚われた欲望】 CUT椎名咲月
【甘い断罪】 CUT不破慎理
【ただいま同居中！】 CUT夏乃あゆみ
【ただいま恋愛中！ ただいま同居中！2】 CUT夏乃あゆみ
【お願いクッキー】 CUT北畠あけ乃
【独占禁止!?】 CUT宮城とおこ
【となりのベッドで眠らせて】 CUT椎名咲月
【君に抱かれて花になる】 CUT真生るいす
【ヤバイ気持ち】 CUT穂波ゆきね
【恋になるまで身体を重ねて】 CUT宮本佳野
【遺産相続人の受難】 CUT鳴海ゆき
【天才の烙印】 CUT宝井さき
【兄と、その親友と】 CUT夏乃あゆみ

■金丸マキ
【恋はある朝ショーウィンドウに】 CUT椎名咲月

■川原つばさ
【泣かせてみたい①〜⑥】
【ブラザー・チャージ 泣かせてみたいシリーズ】
【キャンディ・フェイク 泣かせてみたいシリーズ2】 CUT禾田みちる
【天使のアルファベット】 CUT極楽院櫻子
【プラトニック・ダンス】全6巻 CUT沖麻実也

■神奈木智
【地球儀の庭】 CUTやまかみ梨由
【王様は、今日も不機嫌】 CUT雁川せゆ
【その指だけが知っている】
【左手は彼の夢をみる その指だけが知っている2】
【くすり指は沈黙する その指だけが知っている3】
【そして指輪は告白する その指だけが知っている4】

【その指だけは眠らない その指だけが知っている5】 CUT小田切ほたる
【ダイヤモンドの条件】
【シリウスの奇跡 ダイヤモンドの条件2】
【ノワールにひざまずけ ダイヤモンドの条件3】 CUT須賀邦彦
【無口な情熱】 CUT椎名咲月
【征服者の特権】 CUT明森びびか
【御所泉家の優雅なたしなみ】 CUT円屋榎英
【甘い夜に呼ばれて】 CUT不破慎理
【密室遊戯】 CUT羽根田実
【若きチェリストの憂鬱】 CUT二宮悦巳
【オーナーシェフの内緒の道楽】 CUT新藤まゆり

■剛しいら
【雛供養】 CUT須賀邦彦
【顔のない男】
【見知らぬ男 顔のない男2】
【時のない男 顔のない男3】 CUT北畠あけ乃
【青と白の情熱】 CUTかすみ涼和
【仇なれども】 CUT今 市子
【色重ね】 CUT高口里純
【赤色サイレン】 CUT神崎貴至
【蜜と罪】 CUTタカツキノボル
【恋愛高度は急上昇】 CUT亜樹良のりかず
【君は優しく僕を裏切る】 CUT新藤まゆり
【シンクロハート】 CUT小山田あみ
【マシン・トラブル】 CUT笹生コーイチ
【命いただきます！】 CUT麻生 海

■ごとうしのぶ
【水に眠る月 —夢見の章—】
【水に眠る月② —霧雨の章—】
【水に眠る月③ —黄昏の章—】 CUTLee
【熱情】 CUT高久尚子

■榊 花月
【午後の音楽室】 CUT依田沙江美
【白衣とダイヤモンド】 CUT明森びびか
【ロマンスは熱いうちに】 CUT夏乃あゆみ
【永遠のパズル】 CUT山田ユギ
【もっとも高級なゲーム】 CUT汞りょう
【ジャーナリストは眠れない】 CUTヤマダサクラコ
【光の世界】 CUT片岡ケイコ
【市長は恋に乱される】 CUT北畠あけ乃
【恋人になる百の方法】 CUT高久尚子
【冷ややかな熱情】 CUTサクラサクヤ
【狼の柔らかな心臓】 CUT亜樹良のりかず
【つばめハイツ102号室】 CUT富士山ひょうた
【夜の華】 CUT高階 佑
【他人の彼氏】 CUT汞りょう

■佐倉あずき
【1/2の足枷】 CUT麻生 海

■桜木知沙子
【ご自慢のレシピ】 CUT椎名咲月
【となりの王子様】 CUT夢花 李
【金の鎖が支配する】 CUT清瀬のどか
【解放の扉】 CUT北畠あけ乃
【プライベート・レッスン】 CUT高星麻子
【ひそやかに恋は】 CUT山田ユギ
【ふたりベッド】 CUT梅沢はな

■佐々木禎子
【ロッカールームでキスをして】 CUT高久尚子
【最低の恋人】 CUT蓮川 愛
【したたかに純愛】 CUT不破慎理
【ニュースにならないキス】 CUT水名瀬雅良
【秘書の条件】 CUT史堂 櫂
【遊びじゃないんだ！】 CUT鳴海ゆき

キャラ文庫既刊

【花嫁は薔薇に散らされる】 CUT由貴海里
【蜜の香り】 CUT新藤まゆり
【極悪紳士と踊れ】 CUT汞りょう
【ミステリ作家の献身】 CUT高久尚子

■篠 稲穂
【熱視線】 CUT夏乃あゆみ
【Baby Love】 CUT宮城とおこ

■秀香穂里
【くちびるに銀の弾丸】 CUT祭河ななを
【くるぶしに秘密の鎖 くちびるに銀の弾丸2】
【チェックインで幕はあがる】 CUT高久尚子
【虜 ―とりこ―】 CUT山田ユギ
【挑発の15秒】 CUT宮本佳野
【誓約のうつり香】 CUT海老原由里
【灼熱のハイシーズン】 CUT長門サイチ
【禁忌に溺れて】 CUT亜樹良のりかず
【ノンフィクションで感じたい】 CUT新藤まゆり
【艶めく指先】 CUTサクラサクヤ
【烈火の契り】 CUT彩
【他人同士】全3巻 CUT新藤まゆり
【堕ちゆく者の記録】 CUT高階 佑

■愁堂れな
【身勝手な狩人】 CUT蓮川 愛
【ヤシの木陰で抱きしめて】 CUT片岡ケイコ
【十億のプライド】 CUT汞りょう
【愛人契約】 CUT水名瀬雅良
【紅蓮の炎に焼かれて】 CUT金ひかる
【やさしく支配して】 CUT香雨
【花婿をぶっとばせ】 CUT高久尚子
【誘拐犯は華やかに】 CUT神葉理世
【伯爵は服従を強いる】 CUT羽根田実
【コードネームは花嫁】 CUT汞りょう

【怪盗は闇を駆ける】 CUT由貴海里
【屈辱の応酬】 CUTタカツキノボル
【金曜日に僕は行かない】 CUT麻生 海
【行儀のいい同居人】 CUT小山田あみ
【激情】 CUT羽根田実
【二時間だけの密室】 CUT高久尚子

■菅野 彰
【毎日晴天!】
【子供は止まらない 毎日晴天!2】
【子供の言い分 毎日晴天!3】
【いそがないで。 毎日晴天!4】
【花屋の二階で 毎日晴天!5】
【子供たちの長い夜 毎日晴天!6】
【僕らがもう大人だとしても 毎日晴天!7】
【花屋の店先で 毎日晴天!8】
【君が幸いと呼ぶ時間 毎日晴天!9】
【明日晴れても 毎日晴天!10】
【夢のころ、夢の町で。 毎日晴天!11】 CUT二宮悦巳
【野蛮人との恋愛】
【ひとでなしとの恋愛 野蛮人との恋愛2】
【ろくでなしとの恋愛 野蛮人との恋愛3】 CUTやしきゆかり
【高校教師、なんですが。】 CUT山田ユギ

■春原いずみ
【とけない魔法】 CUTやまねあやの
【チェックメイトから始めよう】 CUT椎名咲月
【白檀の甘い罠】 CUT明森びびか
【氷点下の恋人】 CUT片岡ケイコ
【恋愛小説のように】 CUT香雨
【赤と黒の衝動】 CUT夏乃あゆみ
【キス・ショット!】 CUT麻々原絵里依
【舞台の幕が上がる前に】 CUT禾田みちる
【神の右手を持つ男】 CUT有馬かつみ
【銀盤を駆けぬけて】 CUT須賀邦彦

■染井吉乃
【嘘つきの恋】
【蜜月の条件 嘘つきの恋2】
【誘惑のおまじない 嘘つきの恋3】 CUT宗真仁子

■高岡ミズミ
【この男からは取り立て禁止!】 CUT桜城やや
【ワイルドでいこう】 CUT紺野けい子
【愛を知らないろくでなし】 CUT長門サイチ
【愛執の赤い月】 CUT有馬かつみ
【夜を統べるジョーカー】 CUT実相寺紫子
【お天道様の言うとおり】 CUT山本小鉄子

■篁釉以子
【真夏の合格ライン】 CUT松本テマリ
【真冬のクライシス 真夏の合格ライン2】 CUT明森びびか

■たけうちりうと
【泥棒猫によろしく】 CUT史堂 櫂

■月村 奎
【そして恋がはじまる】
【いつか青空の下で そして恋がはじまる2】 CUT夢花 李
【アプローチ】 CUT夏乃あゆみ

■遠野春日
【眠らぬ夜のギムレット】
【ブルームーンで眠らせて 眠らぬ夜のギムレット2】 CUT沖麻実也
【ブリュワリーの麗人】 CUT水名瀬雅良
【高慢な野獣は花を愛す】 CUT汞りょう
【華麗なるフライト】 CUT麻々原絵里依
【砂楼の花嫁】 CUT円陣闇丸
【恋は饒舌なワインの囁き】 CUT羽根田実
【玻璃の館の英国貴族】 CUT円屋榎英

■火崎 勇
【恋愛発展途上】 CUT蓮川 愛

キャラ文庫既刊

【三度目のキス】 CUT 高久尚子
【ムーン・ガーデン】 CUT 須賀邦彦
【グッドラックはいらない!】 CUT 果桃なばこ
【お手をどうぞ】 CUT 松本テマリ
【カラッポの卵】 CUT 明森びびか
【寡黙に愛して】 CUT 北畠あけ乃
【書きかけの私小説】 CUT 真生るいす
【最後の純愛】 CUT 宝井さき
【ブリリアント】 CUT 麻々原絵里依
【メビウスの恋人】 CUT 紺野けい子
【愚か者の恋】 CUT 有馬かつみ
【楽天主義者とボディガード】 CUT 新藤まゆり
【荊の鎖】 CUT 麻生 海
【それでもアナタの虜】 CUT 司狼 亨

■菱沢九月
【小説家は懺悔する】
【小説家は束縛する 小説家は懺悔する2】 CUT 高久尚子
【夏休みには遅すぎる】 CUT 山田ユギ
【本番開始5秒前】 CUT 新藤まゆり
【セックスフレンド】 CUT 水名瀬雅良
【ケモノの季節】 CUT 汞りょう
【年下の彼氏】 CUT 穂波ゆきね

■ふゆの仁子
【太陽が満ちるとき】 CUT 高久尚子
【年下の男】 CUT 北畠あけの
【Gのエクスタシー】 CUT やまねあやの
【恋愛戦略の定義】 CUT 雪舟 薫
【フラワー・ステップ】 CUT 夏乃あゆみ
【ソムリエのくちづけ】 CUT 北畠あけ乃
【プライドの欲望】 CUT 須賀邦彦
【偽りのコントラスト】 CUT 水名瀬雅良
【薔薇は咲くだろう】 CUT 亜樹良のりかず
【ベリアルの誘惑】 CUT 高階 佑
【愛、さもなくば屈辱を】 CUT 汞りょう

■松岡なつき
【声にならないカデンツァ】 CUT ビリー高橋
【ブラックタイで革命を】
【ドレスシャツの野蛮人 ブラックタイで革命を2】 CUT 緋色れーいち
【センターコート】全3巻 CUT 須賀邦彦
【旅行鞄をしまえる日】 CUT 史堂 櫂
【GO WEST!】 CUT ほたか乱
【NOと言えなくて】 CUT 果桃なばこ
【WILD WIND】 CUT 雪舟 薫
【FLESH & BLOOD①~⑫】 CUT ①~⑪雪舟 薫/⑫~彩

■水原とほる
【青の疑惑】 CUT 彩
【午前一時の純真】 CUT 小山田あみ
【ただ、優しくしたいだけ】 CUT 山田ユギ
【氷面鏡】 CUT 真生るいす

■水無月さらら
【お気に召すまで】 CUT 北畠あけの
【永遠の7days】 CUT 真生るいす
【視線のジレンマ】 CUT Lee
【恋愛小説家になれない】 CUT 史堂 櫂
【なんだかスリルとサスペンス】 CUT 円屋榎英
【正しい紳士の落とし方】 CUT 長門サイチ
【オトコにつまずくお年頃】 CUT 汞りょう
【シャンプー台へどうぞ】 CUT せら
【社長椅子におかけなさい】 CUT 羽根田実
【オレたち以外は入室不可!】 CUT 梅沢はな
【九回目のレッスン】 CUT 高久尚子
【裁かれる日まで】 CUT カズアキ

■水壬楓子
【桜姫】
【ルナティック・ゲーム 桜姫2】
【ミスティック・メイズ 桜姫3】 CUT 長門サイチ
【シンプリー・レッド】 CUT 汞りょう
【作曲家の飼い犬】 CUT 羽根田実

■夜光 花
【シャンパーニュの吐息】 CUT 汞りょう
【君を殺した夜】 CUT 小山田あみ
【七日間の囚人】 CUT あそう瑞穂
【天涯の佳人】 CUT DUO BRAND.
【不浄の回廊】 CUT 小山田あみ

■吉原理恵子
【二重螺旋】
【愛情鎖縛 二重螺旋2】
【攣哀感情 二重螺旋3】 CUT 円陣闇丸
【間の楔①】 CUT 長門サイチ

〈2009年4月25日現在〉

投稿小説★大募集

『楽しい』『感動的な』『心に残る』『新しい』小説——

みなさんが本当に読みたいと思っているのは、どんな物語ですか？　みずみずしい感覚の小説をお待ちしています！

•応募きまり•

[応募資格]

商業誌に未発表のオリジナル作品であれば、制限はありません。他社でデビューしている方でもOKです。

[枚数／書式]

20字×20行で50〜100枚程度。手書きは不可です。原稿は全て縦書きにして下さい。また、800字前後の粗筋紹介をつけて下さい。

[注意]

①原稿はクリップなどで右上を綴じ、各ページに通し番号を入れて下さい。また、次の事柄を１枚目に明記して下さい。
（作品タイトル、総枚数、投稿日、ペンネーム、本名、住所、電話番号、職業・学校名、年齢、投稿・受賞歴）
②原稿は返却しませんので、必要な方はコピーをとって下さい。
③締め切りは特別に定めません。採用の方にのみ、原稿到着から３ヶ月以内に編集部から連絡させていただきます。また、有望な方には編集部からの講評をお送りします。
④選考についての電話でのお問い合わせは受け付けできませんので、ご遠慮下さい。
⑤ご記入いただいた個人情報は、当企画の目的以外での利用はいたしません。

[あて先]　〒105-8055 東京都港区芝大門2-2-1
徳間書店 Chara編集部 投稿小説係

投稿イラスト★大募集

キャラ文庫を読んで、イメージが浮かんだシーンをイラストにしてお送り下さい。キャラ文庫、『Chara』『Chara Selection』『小説Chara』などで活躍してみませんか？

•応募きまり•

[応募資格]

応募資格はいっさい問いません。マンガ家＆イラストレーターとしてデビューしている方でもOKです。

[枚数／内容]

①イラストの対象となる小説は『キャラ文庫』か『Chara、Chara Selection、小説Charaにこれまで掲載された小説』に限ります。
②カラーイラスト１点、モノクロイラスト３点の合計４点。カラーは作品全体のイメージを。モノクロは背景やキャラクターの動きの分かるシーンを選ぶこと（裏にそのシーンのページ数を明記）。
③用紙サイズはＡ４以内。使用画材は自由。

[注意]

①カラーイラストの裏に、次の内容を明記して下さい。
（小説タイトル、投稿日、ペンネーム、本名、住所、電話番号、職業・学校名、年齢、投稿・受賞歴、返却の要・不要）
②原稿返却希望の方は、切手を貼った返却用封筒を同封して下さい。封筒のない原稿は編集部で処分します。返却は応募から１ヶ月前後。
③締め切りは特別に定めません。採用の方にのみ、編集部から連絡させていただきます。また、有望な方には編集部から講評をお送りします。選考結果の電話でのお問い合わせはご遠慮下さい。
④ご記入いただいた個人情報は、当企画の目的以外での利用はいたしません。

[あて先]

〒105-8055 東京都港区芝大門2-2-1
徳間書店 Chara編集部 投稿イラスト係